土生土长

谷子 著

陕西新华出版
太白文艺出版社·西安

图书在版编目（CIP）数据

土生土长 / 谷子著. -- 西安：太白文艺出版社，2023.2（2024.1重印）
ISBN 978-7-5513-2167-9

Ⅰ. ①土… Ⅱ. ①谷… Ⅲ. ①散文集－中国－当代 Ⅳ. ①I267

中国国家版本馆CIP数据核字（2023）第014503号

土生土长
TUSHENG TUZHANG

作　　者	谷　子
责任编辑	姜　楠　胡世琳
整体设计	建明文化
出版发行	太白文艺出版社
经　　销	新华书店
印　　刷	三河市嵩川印刷有限公司
开　　本	889mm×1194mm　1/32
字　　数	110千字
印　　张	5.625
版　　次	2023年2月第1版
印　　次	2024年1月第2次印刷
书　　号	ISBN 978-7-5513-2167-9
定　　价	42.00元

版权所有　翻印必究
如有印装质量问题，可寄出版社印制部调换
联系电话：029-81206800
出版社地址：西安市曲江新区登高路1388号（邮编710061）
营销中心电话：029-87277748　029-87217872

自序

爱定边

定边，这两个字真是好，厚重、踏实，有旷古的英气和烈气，还有至死不渝的昂扬，又有一点豪放与苍凉，更有沉甸甸、不可撼动的霸气和悲壮。

定边的风沙硬，水土硬，生长的五谷杂粮也硬，吃着这水土和杂粮的人，风骨也硬。说话像吼，像骂人，像吵架，心直口快，从不拐弯抹角。

这个地方孕育了欢快的秧歌，孕育了古老的传说，孕育了水一样的民歌，也孕育了生生不息的爱恨情仇。

战马的铁蹄踏过，英雄的泪和血浸过，猎猎长风吹过，诗人写过，画家画过，但都很夸张，写得过分荒凉，画得不成气象。还数范仲淹公正，底定边疆，写出了一位将军对这块土地的态度，也写出了一位诗人的深情和大气。

任凭文人墨客怎么描摹，任凭诗文书画怎么渲染，定边就是定边，就是陕北的一个县城。一望无际的黄土高坡上，依然是一疙瘩一疙瘩的坡峁峁、沟壑壑、土塬塬,依然是圪崂崂里贴着红花花的窑洞,依然是平展展的北滩和东滩,树林旁依然是一排又一排气派的砖瓦房。

这里有最美的春景,有最美的秋色,也有最勤劳最朴实的庄户人。在墒情滋润或者焦旱的春天,黄土坡上始终是犁铧翻动,松软的土壤里,播满了瓜和豆的种子。一年四季,庄户人把所有的热情和希望都寄托在黄土坡上,把热汗流在黄土坡上,展样样的后生、俊美的姑娘,硬是熬成了脸上的皱纹像黄土坡的褶皱一样深的老头老太太。他们把腰身弯成最古老的象形文字,生动地镶嵌在黄土坡上。他们不会表述,不会抒情,他们把物质和精神的感悟具体到日复一日的日子里,具体到院内的枣树、墙壁上的辣椒串、向晚的炊烟和咩咩归来的羊群上。他们把丰收的喜悦铺在黄土坡上,铺在场院上,让玉米的香气、大豆的香气、糜子的香气、荞麦的香气飘荡在村庄里。这些不会敷衍生活的人脸上始终挂着憨厚的笑,赤色的脸庞上始终露出的是满足和欣慰,他们把忧愁、委屈和苦闷以劳作的形式糅在日子里,糅进踏实而笃定的光阴里。

我不能说别的地方的景色不如定边的美,不能说别的地方的庄户人不如定边人勤劳。但,定边的景和人,在我的印象和认知里,是哪里也比不过的。因为这是我心上的景和人,是我心上的定边。因为我也是这片土地上的景和人,我就是这片土地上的一片叶子,一滴水珠。看着这里的一草一木,我就觉得格外的亲,站在圪梁梁上,我就感觉天格外的高远,地格外的宽阔。

　　从别的地方外出回到定边,透过车窗望着那些树木和土地,望着那些熟悉的村庄和房舍,望着一群群移动的羊,瞬间就让人有了莫名的激动,有了莫名的不安,有了强烈的想一下扑在那道沙梁上的深情。我在心里喊一声:终于到家了!

　　没来过定边的朋友问,定边有你笔下那么好吗?我说,你来看看不就知道了?或许你看到的定边,会更美,更让你感动呢。

　　是啊,怎么能不爱定边,不爱定边怎么会那么多次地写定边,写定边的人,定边的风,定边的吃食,定边的风物……而我穷尽所有的文字,都没有写出我心中想要写的定边,也没有写尽我想要写的定边。

　　我生在定边,长在定边,我是地地道道的定边人。很多人说我性子直、硬,没有女人本该有的阴柔。他们说得对。一方水土养一方人呢,我是喝着定边的水,望着定边的云长大的,我就是定边沙梁上长出来的一株藤苗,是定边粗粝的风在催赶着我,我的骨子和精神气质里,自然有定边的粗犷和坚硬,自然有定边的魂魄啊!一位摄影师朋友告诉我,拍照片的时候,你配上一条围巾,就会柔和很多。我照着做了,总觉得矫情了一些,别扭了一些,不如我在风里,发梢被呼呼吹起生动。电影里有句台词说,"你对一个人的爱,就是活成他的样子"。那么,对一个地方最深的爱,不就是活成这个地方的样子吗?

　　定边与我如影随形,是我剪不断的脐带,是我抹不去的胎记。定边是家园,是根,是源头,是我始终走不出的故乡。我一直用我认为最好的方式爱定边、写定边,不仅用文字,更用心。

目录

土生

003　定边的风
008　美丽的夏天
012　定边的秋天
016　光影中的定边
021　定边人
029　堆子梁的女子
033　陕北婆姨
039　陕北男人
046　陕北民歌
050　大块羊肉
054　定边的炉馍馍
059　酿皮
063　羊杂碎

067　一碗荞面
071　猪肉酸菜

土长

077　村娃
080　东明
084　和姬老师排合唱
088　老师
094　同学L
099　高兴
102　老童
106　人书不老俱已老
110　父亲和他的烟锅
114　我妈种地
119　姐姐
124　我妈耍微信

映像

133　安放心底的唢呐
137　搬家

143 读写和你我
152 戒微信
157 岁月的痕迹
161 我在驾校学开车
165 中年情味

土生

定边的风

定边的风和别的地方的风不一样，刮起来没完。没有人能说出定边的一场风断断续续刮了十二个月还是十二个月天天在刮，早上起、晚上住，不知道哪一天是不刮风的。

别的地方也刮风，每个季节里的风都有自己的特点，唯独定边的风没有章法，不受待见——送不来花蕾，体贴不了草木，还要倒腾出些动静。定边的风，脾气实在不太好。时而刚猛，时而温和。刚猛时，天地俨然在小米汤锅里，黄黄的、闷闷的。温和时，日头暖暖挂在高空，瓦蓝的天，乖顺的白云，难得的好天气。

定边的风起得很迅猛。刚才还是青天白日头，来不及眨一眨眼睛，便被铺天盖地的呼呼声淹没了，继而一张黄色的大沙网把天地罩得严严实实。沙梁模糊了、树木模糊了、房屋模糊了、公路模糊了，远的、近的，影影绰绰，都罩在蒙蒙的沙雾中。地上的许多东西旋起来，草屑、叶子、纸、塑料袋、碎布条、尘土、毛发……借着风势纷纷上浮。有的被电线或者是树杈缠住,沙沙沙、沙沙沙,顺着风势胡乱摇摆。天幕像是铺展开来的陈年老宣,日头没心没肺地隐退到黄的风雾里,只有一个晕的轮廓,如一枚橙黄色的印,含糊地钤在半空。汽车的喇叭声,店铺震天响的音乐,小孩的呐喊,大人的呼唤,缥缈隐约,跟着风到了别的地方,在别人的上空聒闹。黄土坡上零零星星的村庄,不大不小的县城,都浸没在这雾雾的赭黄的屏障里了,好像就在这黄雾里恍恍惚惚了很多年。干腥腥的土尘味在空气里弥漫着,含着一点点硬硬的干涩,一点点麻麻的黏腻,一点点涩涩的牙碜,钻进人们的嘴里、眼睛里、头发梢梢里、纤细的毛孔里。人很快就不知不觉地陷进这土黄色的氛围里,陷进这渐远渐深的、朦朦胧胧、辽阔无边的黄腻腻的空气里,被这遮天蔽日的尘沙搅腾得昏昏欲睡。即便风沙过后,头发洗干净了,全身洗干净了,那股黏腻依然在,似乎渗进了皮肤里。

风是从哪里来的?西伯利亚,内蒙古大草原,还是走马川?谁也说不清楚。似乎每个人都是在风声中生下来的,是听着风声长大的,是在风声中慢慢变老的。风和空气一样,是生就的。就算干热的炎夏,毒日头下,随时会有一股旋风呼啸而来,但一点儿也不清凉,滚滚热浪冲着你的鼻子,好像被按进蒸锅里一样。

尤其冬天,天地间像装了套子,一下子封闭了,清冷了,安静了,只有一种声音:嚓——嚓——嚓——这种声音压抑、干涩、僵硬。如果是夜晚，熟睡中的人们经常会被一阵声势浩大的风喊醒，在自家的被窝里失眠，无可奈何地听风的嘶吼。满天满地都是风声，一声高过一声，一浪压过一浪，好像要和谁做殊死搏斗。偶尔会听到剧烈的咔嚓咔嚓声，像被刀割、被锤击，又像是天把地打了一闷棍。你屏住了呼吸，不敢出声，屋外犹如千军万马踏过，声声坚硬，声声刺耳，声声惊心。院门咣当咣当地响，扫把和铁锹直戳戳倒在地上，烂盆子烂铁桶滚来滚去，发出胆战心惊的哀鸣。风越刮越猛，咆哮着向房屋撞击。只听门窗"嘭——嘭——嘭"接二连三地震响，大地都仿佛在颤抖。它们钻过护窗，穿过细小的缝隙，发出尖而细的嘶叫，一声又一声，鬼一样，急急的、切切的，好像有什么冤情。如果正好是一个人，心情又黯然，恐怕要被这摧心折骨的叫喊声吓得颤抖，流下恐惧的眼泪。

这声音经常在黎明曚昽的天光里，或夜深人静的月光里响起，在逼仄的弄堂、在阒静的街头巷尾，更加凄厉、凶悍，杀气腾腾。跟干冷的空气混合在一起，一下子蹿上屋顶，升到空中，在寂静中越来越高远，越高远越凄厉，好像在发出警告：风会长久地辖制着世界，明媚的春天还远着呢。

如果是溜溜风，倒也舒服。春末或者炎夏的黄昏，天气正好，虽然有一点点热，一股小风过后，身上的每个毛孔都被风按摩得痒痒的、酥酥的、软软的、醉醉的。如果坐在田野里，你会突然想吼一首民歌，山挡不住云彩树挡不住风，神仙也挡不住个人想人。心里湿湿的、润润的，比风都柔软，比风撩起的发梢都动人。哪里飘来西瓜的甜味、啤酒的冲香，还有烧烤的焦香？分明是在自己的向往里嘛。你不由得真的跟着风的指引，走进了夜色，走到马路牙子的烧烤摊摊上，就着晚风，喝着啤酒，吃着烤串。什么是幸福？这就是幸福么。

最厉害的风，是从天上下来的。我们叫黑风。风裹着黑云一起在空中翻滚，挤着、绞着、拧着。不知道是云跑还是风动，是风撞云，还是云劈风，轰隆隆轰隆隆，只见排山倒海的黑浪腾腾冲天，好似天地要瞬息崩塌。树梢被掼到地上，又被狠命地拎起来在空中撕扯倒伏。鸟雀们惊得失去了方向，左冲右突，惶惶地在风浪里打旋。屋子里昏暗了，灯光如豆，天地间被巨大的轰鸣声淹没。人不敢出声，敛声息气，哪怕轻微地呼吸，也很慎重，生怕因为这一点点一吐一纳的力量屋顶就会被揭开。暴风的威力是灾难性的，屋瓦狼藉，土墙倒塌，最可怕的是人和牲畜走失，伤亡。这种风次数极少，我仅见过的一次，已是小学三年级的时候了。

心情不好的人，会因为一场风而莫名地烦躁，心慌气恼。一个早晨的开朗心情，会因为一场风的不请自来而变得晦暗、焦灼。风不管这些，它在大地上呼呼而起，呼呼而来，呼呼而过，像按下了惩罚的按钮，把晌午一下子按成了黄昏，把清亮按成了混沌。

它吹到宁夏，被宁夏更大的风折回来；吹到延安，被宝塔山挡回来；吹到鄂尔多斯，又被草原上密密的草木绊住了手脚。它只能在定边的黄土梁上驰骋，在定边的村庄里翻腾，在定边的岁月里地老天荒。它从来没走出过定边。这是古老的黄土梁的宿命，也是风的宿命。

它比我们老，对我们很熟悉，对我们的祖先也很熟悉，那熟悉程度甚于我们对家谱的熟悉。它还将一直吹在我们的黄土梁上，吹着我们的后代。日复一日，年复一年，代复一代。永远，永远。

画家们画乔洼梁的荞麦花，画白于山的窑洞，画白泥井的丰收，却没有人画定边的风。老天画了，千百年来，一直在画。定边的风是什么样的？风吹在梁塬上，人走在风里。颜色是暗黄带灰的，味道么，是干的、涩的。

美丽的夏天

粉的、红的、黄的、绿的,一片一片,这坡坡,那峁峁,连绵的黄土坡能伏卧多远,娇艳的色彩就能绵延多远。这是定边的夏天,荞麦花和黄芥花盛开的夏天,当然,不能漏掉粉白的山药花,也不能忽略了嫩嫩的浅棕色的玉米缨缨。它们在风的作用下翻拂摇晃,竞相开放。或许只有定边的夏天才有这么湛蓝的天,水洗过一样,斜射着喜悦的阳光。一朵一朵懒散的云,一会儿东,一会儿西,在山坡上滑过一片片浓重的墨影,远远看去,像是大地被染黑了。它们特别喜欢逗弄那些花朵,不时飘在庄稼地上,那些粉的黄的花像是被黑色盖住了,酽酽的墨黑,好像就要把天和地都合在一起了。你有耐心蹲下来,意欲仔细看看这些暗暗的颜色,倏尔,眼前又是清亮亮的鹅黄、粉嘟嘟的嫩红,它们早已调皮地走远了。

女人们早已按捺不住,三五成群,相约来到花海,摆好了姿势,就等着咔咔按下快门。如果给画家看到了,必是惊喜得手忙脚乱，可再好的画师终究画不出它骨子里的灵韵。这些颜色，来自农民的手，一根一根、一棵一棵、一株一株，它们身上有农民汗水的痕迹，是浸上去的。画家看得见它们的妍丽，却看不见它们的悲壮和坚忍。这些花朵，没有一朵是为了取悦于人，它们安静、内敛，朴素到忘记了自己的存在。

庄稼的叶子油汪汪的、脆生生的，能掐出水来，你完全想不到它们就在几天前才经过了漫长而又酷热的高温，几近枯死。老天心硬，往往在黄土坡最需要雨水的时候缺水，天地弥漫着枯朽的气味，树木焦黄，叶片曲卷，恐慌得快要撑不下去的时候，忽然，天空轰隆一声闷响，一滴一滴、一线一线，久违的雨砸下来了。干涸的黄土地在一通雨水的清洗过后，焕发出了活泼泼的生命的绿意：草木茂密了，树叶舒展了，庄稼嘎巴嘎巴地拔节了。

到处是声音，细小却又此起彼伏。你仔细听，像是呢喃的私语，又像是排山倒海的呼啸，却又听不出是哪里来的。是从庄稼地里来的，是从草丛里来的，还是从树林里来的？是叶对叶、秆对秆、茎对茎？是摩挲着的耳鬓厮磨，是轻抚着的低声细语？风吹过来，把它们的声音聚集了、夸大了，又吹送得四面八方都是。

如果你与土地有过深情，你本就来自农村，你是听着庄稼的拔节声出生、长大的，或者说，你自己就是一株植物，是一棵树、一尾草、一朵花。你坐在软绵绵的土地上,或者躺下来,手里捏上一把沙土,看着高远的蓝天,听着晓风吹着狗尾巴草的飒飒声,你便真切地领受到了一个初民面对自然最原始的启示。你会不由得把这些花朵摸了又摸、闻了又闻,把这些叶片捋了又捋,你在青草的香气中,对着这些坚忍的生灵会流下汩汩热泪。

你也相信,最好的诗人、音乐家、画师,或者说艺术以及艺术家,其实就是这些素朴而强韧的生灵,它们能最直接地告诉你所有艺术的秘密,告诉你美和生命的本质。

然而,它们不会滔滔不绝,不会变成文字、变成诗或者散文,或者涂抹成画,它们不擅于表达,就像这里的人一样,他们守护着土地,朝朝暮暮,鸡犬鸣天,却又自在、从容、不慌不忙。白天打打闹闹,夜晚恩爱缠绵。他们是乡村里最普通的男女,过着最中国的日常生活。他们不会也不懂抒情,偶尔在劳作的间隙,揩一揩脸上的汗,扯开嗓子吼一声:崖畔上开花崖畔上红,受苦人就盼好光景……声音拉得很长,一绕一绕,悠扬了几道坡。那边忽地窜出一个小小的身影,是被歌声惊起的野兔或者田鼠。长长地吼几声,依旧弯下腰继续劳作。他们的背影让你产生联想,这些人就是远古走来的,他们的一生,就是人类遥远而漫长的历史,人类就是这么一路走过来的。你又肯定,他们就是中国最古老最美丽的象形文字。

写到这里，我自己也把自己惊到了。我是在写这片土地吗？我是在写这里的庄稼和草木吗？这个曾经让我嫌弃过的地方，这个水瘦山寒、荒寒闭塞的地方，这个给了我一次又一次困苦让我无数次想离开的地方，忽然变得深情而又温热，让人迷醉而又不舍。这是定边吗？是让人看一眼就热泪盈眶的定边，让人骄傲又谦卑的定边吗？

怎么不是呢？

我陡然尴尬起来，如果要用一句话描述夏天的黄土坡，我不知道怎么说。或许它就是普通的地方，它本没有我写得那么漂亮，它就是它的样子，过去是这样，现在是这样，永远是这样。花，在哪个地方也开；草木，夏天在哪个地方也一样绿意葱茏。而我之所以觉得这片土地最美，觉得它令我热爱，是因为它是我血脉的源头、精神的根据地，它不因美丽而美丽，它因我的深情而美丽。

定边的秋天

定边的秋天最美。

刚过了漫长的狂风乱卷、塑料袋满天飞的春天,才结束干烈的太阳晒得胳膊出了疹子的夏天,秋天就来了,来得有点迅速,有点悄无声息,有点不动声色。忽然,天就高远了,空气就清透了,温润了。一大朵一大朵的云,也温和了、懒散了,有一搭没一搭地飘着,完全没有了风驰电掣的狂暴,根本不担心一场无厘头的骤雨。踏踏实实的,无比惬意的,走在哪里,都像是走在画里。

看吧,一望无际的黄土坡,是上天绣制的织锦。颜色柔和过渡,一层一层晕染,一点也不突兀,一点也不扎眼。那圪梁梁、坡峁峁、沟壑壑、土塬塬,都被填平了,被抹匀了。粉红色的是荞麦,黄澄澄的是糜子,墨绿的是洋芋,葱翠的是小白菜,垂挂着的是大红的苹果,低下去的是西红柿。在清风的跌宕中,殷实饱满的作物此起彼伏,似波浪荡漾。

玉米的穗子齐齐的、平展展的，像是被园艺师修剪过，它们的棒子经过秋阳的润养，将更饱满、更圆实。远处高一点的是树，浓绿的叶子，飒飒作响，过不了几天，它们也会变成金黄、赭红，然后像毯子一样铺在地上，化作泥土，让感伤寥落的诗人去吟、去诵、去抒写诸如"零落成泥碾作尘"的词句。矮一点的嫩翠的是卷心菜、大白菜，或许哪一个清晨，就会变成菜市场的抢手货，被三轮车、自行车运到各家各户，变成婆姨们腌进缸里、坛子里的酸菜。

小毛桃轻轻在枝头摇摆着，远远地，招人喜爱。如果不怕毛毛的痒痒，你就那么吹一吹放在嘴里，这才是地道纯粹的秋桃味啊，超市里反季节的桃子能比吗？当然不能。科学只可以解释自然，却不能改变自然。越是看起来那样的，越不是那样的。挂了霜的葡萄，像是红的发了黑发了紫的面皮上扑了薄薄的一层灰，成串成串地被紧紧撸在一起，极是可爱。玉生烟是什么样子？或许就是这若隐若现欲遮还掩的含蓄吧。

也有细雨蒙蒙的时候，整个山乡都被笼罩了。雨珠不大、不密，也不紧凑，就那么散散漫漫，雾雾的，没心没肺地下着。就是这零落的雨，竟也勾起了些许多愁善感的意绪来，朋友圈里，湿漉漉地晒出些闲愁，晒出些淡淡的感伤和思念。不大一会儿工夫，天放晴了，穿了夹克，还有点凉。真的是一场秋雨一场寒呢。

最好看，还数远眺。很高很蓝很远地搭着几朵闲云的天空，绿森森的玉米林以及林中隐隐现现的房屋，贴着林梢的几缕轻烟，再配上近处的沙蒿梅梅花、从春天起就常开不败的大出气花，还有那一两株茎秆硬朗的狗尾巴草，才是一幅完整的秋色。柔和的阳光，丝丝在风中颤抖的稀疏的光影，荡漾在四野里的草木浓香，还有弥漫着整个秋天的悠远又厚重的气息，丰收后农人脸上的踏实与肯定，分明就是一幅肃穆、悠远、恬静而又温暖的五谷丰登图啊。

我不知道别处的秋天是什么感觉，是什么意境，只觉得定边的秋天，是这么的有风韵，这么的袭人。定边的秋天，原来也可以这样让人眷恋。

眯眼享受一番，不免就有缕缕温柔泛起来了。是啊，这就是定边的秋天啊。

这景色在眼睛里熟悉了多少年？从童年到青年，从青年到中年。多少年，那些小学生的作文里，写着一样的感觉，写着一样的心情。真的是秋色年年总相似，人却年年总不同。

红墙黛瓦的村庄，就有我的家。我曾经就在那片玉米地里，扛过锄头、薅过杂草。我就是没有走出故乡的故人，我就是不在田里侍弄庄稼的农人，虽然春华秋实和我有了隔断，但丝毫不影响我深深的乡愁。这片土地的深度和密码，在我脚步的丈量和手指的拨拉里，都深深刻印在心上，变成了我一生的胎记。

世界上最绝妙的丹青手，画出了多么美的秋色图，能画得出我心里的定边吗？他人的秋天多么有深味，比得过定边的意韵吗？在他人的秋色里走走，好是好的，依恋是依恋的，终究深爱的，不还是定边的秋色？哪里的秋色能美过定边？不是吗？我眼前的秋色，是定边的秋色，更是我的秋色。而你们画的，你们的秋色，仅仅是你们的。

这是我坐在高高的阳台里，望向玻璃窗范围里的秋天，做的一番凭空冥想。我不知道世界有多大，我不知道这个秋天带给我的惶惑有多深。我只知道，被这种感觉吸引着、引诱着、怂恿着，想做一番深情表达，心却密密实实地被网住了，动弹不得。这种感觉只能意会，说不出，写不出。这是一个秋天的画面，是一个短暂的瞬间，这又不是一个短暂的瞬间，不是一个季节，是时间轮回里的欣喜和悲悯。

我用盘腿坐在地垄上的姿势，坐在阳台，写着我的心情，能写出多少就写多少。

土生土长

光影中的定边

光影中的定边，最好看，最迷人。

千万盏灯，像是夜的眼，也像是城的眼，迷迷蒙蒙，忽闪忽闪。太阳刚刚隐没在地平线，它们就一盏一盏，次第明亮。一条街、两条街，不一会儿，灯愈多，晕就愈甚；在繁星般的黄的交错里，整个县城就被这橙色的光晕笼罩着、氤氲着。什么都模糊了，像在雾气里似的，呈现出了隐隐的轮廓。任是人影绰绰，车流滚滚，总像隔着一层薄薄的面纱，恍恍惚惚地呈现出一种虚化的淡雅之美。

尤其是春末夏初。从冬天直刮到春天的狂风似乎也累了，声气渐歇，几近于无，却又不是完全没有，正好痒痒地抚摸着脸庞、发梢、衣角，轻轻的、柔柔的、酥酥的、腻腻的，熨帖到心窝。温度也刚刚好，适中得再贴切不过了，高一点便显得燥热，低一点又会寒凉。气候任性无常的定边，如此适宜是多么难得。忽然就心头一热，原来，定边也是这么的美好。

随便走在哪条马路上，灯光从树影漏射下来，斑斑驳驳洒在地上。树的影子覆盖着你、朦胧的灯光覆盖着你，好像你被树影和灯影罩住了。你的脚踩在树影上面，也踩在青砖上面。你以及你的影子和树影浑然一体，倒映成青砖上的素描，而这唯美的图画却是灯影的独创。身旁来来往往是和你一样走路的人。他们不说锻炼，说走路，说遛腿，说散饭。有的你认识，笑一笑，说："你也遛腿了？"你才知道，喜欢在夜晚遛腿的人是这么的多。叮叮咚咚的乐器声，远近杂沓的踢踏声，是跳舞的大妈们。她们是夜晚最热烈、最活跃的群体，无论瑟瑟冬日还是炎炎夏夜，她们乐此不疲地舞着，好像体内聚集了无穷无尽的力量。每当夜幕降临，她们便无法自已了。在灯光的照耀下，在音响的喧腾中，在路人的注目里，她们扭动腰肢，手舞足蹈，自信、自得、自乐、自醉。广场上、马路边、小区的院子里，处处有她们的身影，处处有她们的声音。

而斑驳的树影下、花草葳蕤的花坛旁，又是小青年的天地。他们三三两两、一对一双，轻声地笑着、走着、坐着、依偎着，在柔的夜影中，窃窃蜜语。月上柳梢头，人约黄昏后——最美的，当然是那些年轻的女子，穿着纱裙，随意地趿拉着鞋，脸上带着喜悦，风吹起前额的秀发，她们在等待自己的情人。暮色里，看不清她们的面目，却因为模糊而越发柔美、越发可爱，尤其是她们翘首四望的样子实在动人，活脱脱是《诗经》里的女子啊。可不就是诗经里的仙子嘛！她们风姿绰约，与蒙蒙的灯的晕影，融合得如此妥帖、如此恰如其分。这些灵动的女孩子唯美地挺立在女人一生最辉煌的顶峰，好像随之而来的柴米油盐的琐碎不会光顾她们，好像日复一日如陀螺般旋转的日常不会搅扰她们。也使得站立在中年的我们暂时忘却了生活的烦冗和焦躁，忘我地沉浸在这近乎完美的童话世界。

最热闹的，当然是夜市了。无论是沿街而设的小摊小桌，还是已成气候的门面，哪一家不是桌桌爆满？红火自然有红火的道理。这些夜市的特色在于，能把普通的东西做得好吃、正宗，却又家家不同。我一直笃定地认为，最好吃的东西还是这些不起眼的小摊做出来的，是这些没有名气的厨师做出来的。

吱吱冒烟的铁炉子、黑色的砂锅、地上杂乱的纸屑，看着很不干净，却有热气冒出来，远远地闻去，就香得不行。羊杂碎、烤串、胡辣羊蹄、全羊头、炒不烂子、炒煎饼、炒灌肠……当然，啤酒是少不了的，冰镇的、常温的，随意自便。男的、女的，年老的、年轻的，三五自成一桌，两只手上套着一次性手套，满嘴流油，吃着、喝着，笑着，说着，一幅活泼的生活图就在你的眼前，看一看都是享受呢，还有什么不满足的呢？定边人是最会生活的，也是最会享受生活的。是啊是啊，人生在世，吃才是最根本的啊。老话讲，吃了喝了,就是得了。其他的,都是什么呢?

经常地,在饭店门口、在马路牙子上、在垃圾堆旁、在下水道口,东倒西歪的醉汉会闯入你的眼帘,这或许是定边夜晚独特的景致。跌跌撞撞总算是告别了,各走各的了,却又因为哪一个人的一句话,几个醉汉又摇摇摆摆地回过头来,手臂在空中舞着,嘴里含糊不清,头却紧紧地挨在一起,像密谋似的。也有单独一个的,跪坐着,头贴着胸脯,像是睡着了,很沉溺。看不清乱蓬蓬的头发下的脸,亮晶晶的涎水流下来,在灯光下闪耀着。

也有醉酒的女人,时尚的裙子、高档的包包、娇俏的高跟鞋,都成了醉美人的点缀,平日里的矜持和优雅,以及一身香气,全化作轻风,化作灯影。她只顾率性地将那入骨入魂的醉态进行到底。

只有定边,有这样的豪爽和热烈,有永远过不完的烟火气与实落。苦了累了,哭了笑了,死了活了,生活还是第一位的。一天下来,一定要将那股沉沉的味道放在一碗热气腾腾的杂碎汤里,放在一杯又一杯的快意里,放在酒后飘过的暗影里。

有时候,看着一个陌生的女子消失在灯光之外,进入了那片谜一样的黑暗之中,我的心格外不安。没有了路灯的陪伴,不知将会发生什么。灯光,承担着一种心思,是安宁、是踏实、是安全,也是温暖。

土生土长

　　我喜欢在这样的夜晚散步，喜欢在喧闹中伴着灯的光芒前行，喜欢灯影与夜糅合在一起的感觉，更愿意停下来享受这浪漫的绚丽，这迷人的璀璨，也喜欢站在马路边的大树下，倾听风的问候，树的歌声，人的热烈。

　　高处的夜晚更精致。举目四望，远处、近处，万家灯火，星星点点。人间的灯火和天上的星光浑然一体，整个县城，分明就是一条光洁闪耀的星河。最妙的是，这边又有一轮明月。灯与月并存着、交融着，清的冷的月和黄的暖的灯，上下交辉，月成了缠绵的月，灯闪着渺渺的辉。真是独到的眼波的盛宴啊。置身其中，忽然就有了别样的幽微思绪。死生契阔，长风浩荡，那些过往的人，那些逝去的事，刹那间隔着时光苍苍而来。把这些感觉压住，摁在心底吧。最好是就着那轮头顶的清明，让这些亢奋、辛酸、欣喜、阴郁，还有那么多莫名的感觉和情绪，都渗入到一派清辉里。与生活，只留下一弯浅笑。

　　就在这样的一个夜晚，有灯有月有风的夜晚，我从楼上到马路，从马路再到楼上，上上下下回环往复，陶醉于这样的月夜中。忽然为那些坐在电视机前的、在酒馆里消磨时光的，以及枕着睡意入眠的人遗憾起来。这么动人的夜色，他们竟然错过了。

　　这样一想，心里就好像多了什么似的，漾起一大坨甜蜜，好像那些灯光、那些月光，都住进了心里。

定边人

定边人是笼统的说法，是宽泛的概念，是生活在定边的本地人和外地人的统称，定边到底是本地人多还是外地人多？没有谁精确统计过。定边地大物博，来定边讨生活的人自然多，主要是绥德、米脂人，关中、陕南人，也有四川、河南、浙江等省的人。我这里说的是祖籍在定边的人，是理论上的定边人。

定边在地理位置上与内蒙古接壤，长期以来，定边人与游牧民族交流熏染，性情在宽厚怀仁中又多了草原人的豪气爽快。他们眼里揉不进沙子，心眼实在、性子直，说话做事喜欢直来直去，不会三回九转，阳奉阴违。他们不欺生、不霸道，因而，各地的人都喜欢来定边，也喜欢和定边人打交道，这是定边一直繁华活跃的根本原因。

定边人馋，好吃。他们把吃这种生活哲学的精髓渗透到了骨子里，特别注重形而下的物质生活。如果放弃了吃喝享受，定边人就觉得活着已经失去了意义。在这个不大的县城里,大街小巷,马路边边,最多的就是各种餐馆和小吃店了。肉夹馍、小笼包子、绥德油旋、回民油饼、清涧烙饼、酿皮、羊肉面、荞面饸饹、羊肉壳壳、麻辣烫、小火锅,烧烤……毫不夸张地说,在定边,没有一种东西是你吃不到的。

定边人的早晨,是从大块羊肉开始的。这是男人们的硬早点,也是早点之王。在不大的县城里,有好几家羊肉馆。大清早起来,男人们便相邀来到羊肉馆里。

灶台上支着一口大锅,羊汤在沸腾,羊肉在翻滚,香气在四溢。一早上的心情首先因为羊肉的味道而很快活。一碗羊汤,几块羊肉,肥的、瘦的、肋骨、纯肉,都是自己站在锅前选好的。肉烂、汤浓,满足了胃,也滋润了口舌。肉吃完,汤汤水水里再捞上一碗荞面,生活的热度和幸福都具体了。男人们非常地享受。他们觉得,活在世上,肚子里有美食填充,就不亏,就知足,就踏实放心,就没有白活。

定边人喜欢喝酒,男人们的闲暇时间是在酒馆里泡过去的。他们可以不吃饭、不睡觉,但是不可以不喝酒。长期喝,喝成习惯,哪一天不喝,就像少了点什么,浑身不舒服,心神不宁,彷徨难安。

每天不管多累、多辛苦,他们都要聚在一起,要上几个下酒菜或者是一桌火锅。划拳,摇色子,比大小,炸金花,喝不到半夜不回家。他们宁愿横着、歪着、糊涂着、跟跄着回家,也不会中途逃离酒场。一是喝不到尽兴不想回,二是怕成为酒友们茶余饭后的笑柄，还会落个怕老婆的名声。

　　在定边男人的心中，怕老婆的名堂可以有很多种，唯有喝酒不行。喝酒和吃饭、睡觉、呼吸一样，是天经地义的，老婆怎么能干涉？老婆能干涉太阳从东边升起吗？能干涉月缺月圆吗？不能嘛。两个婆娘在一起拉话，骂自己喝酒的男人。一边旁听的陌生男人听不下去了，说你们找错了男人。不喝酒、不抽烟、不乱花钱的男人是有的，很规矩，很务实，很听话，不是憨憨，就是愣愣。憨憨愣愣不喝酒，你们咋不去找呢！听听，在男人的观念里，女人管男人喝酒，就是把男人管成憨憨愣愣，那你自己估计也不精明吧。

　　事实上，定边的男人个个是刚硬的爷们，从没有因为喝酒怕过老婆的。你看，如果谁家的老婆管束自己男人喝酒，结果是她的男人更加疯狂地喝酒。

　　喝酒的名堂很多，朋友聚会、婚丧嫁娶、乔迁满月，必然有酒。公务员、个体老板、揽工汉，只要有点高兴的、可以庆贺的事，必须请客，必须到食堂摆上一桌。

　　夜晚走到街上，随时就能碰上醉汉。一个个红头涨脸，头耷拉着、晃着，脖子抻着，眼皮子翻着，嘴巴咕哝着，手在胸前乱摆，腰佝着，身子东歪西斜，深一脚浅一脚，跌跌撞撞地挪动，直到出租车停在他们的面前。醉汉和出租车好像有这种默契。夜晚的出租车，拉的大多都是醉酒的人。

　　喝酒对身体的伤害很大，定边每年都有因为喝酒过度而死亡的,男人们却不以为意。他们说人来到世上,都是从娘胎里来的,走的时候,却是各种各样的走法。喝酒死了的和病死、自然死亡一样,只是一种死法而已。因此,对于喝酒死亡的人,他们慨叹是慨叹,惋惜是惋惜,酒,想喝还是照样地喝。

同样是吃喝,女人的理解却和男人大不一样。她们的愉快不在吃肉喝酒,在于休闲,在于享受清闲。她们也和男人们一样,去吃火锅、吃大餐,坐在一起拉拉话,说说家常,谝谝闲传,为的是放松。如果有兴致,她们还会在歌厅里面抒情几曲,喊出心底的喜怒哀乐。往往这时候她们的男人也在KTV里享受人生。他们各自欢乐,各自安好。

大人们的生活热火朝天,小孩子们也自在。他们拿着爸妈给的零钱,三五成群,吃吃麻辣烫、烤串串,或者到快餐店吃肯德基、汉堡包、冰激凌,再喝点冰峰、奶茶,真是有滋有味,快活逍遥。

只要有钱,定边人都是能吃会喝的好手,定边人的生活,是享受型的。

他们说,人生在世,吃穿二字。好像从生下来那天起,他们就已经洞穿了人生的全部意义和真谛。好像不吃好、不穿好、不玩好,生活就绝对没有过好。

定边四季多风,干旱少雨,气候不好,不养庄稼,也不养人。定边女人皮肤黑,雀斑点点,像芝麻粒浮在白面上。她们喜欢进美容院，喜欢水疗、敷疗，以及各种名堂的保养。她们深知这不过是一种心理安慰，但她们喜欢这样的安慰。

炎夏，她们穿着短裤、吊带或者裙子，胳膊上却套着纱套，脸上围着面巾，戴着口罩。男人们打趣说，你们这些女人怕凉吧，穿着裤衩；怕热吧，又纱巾裹面。不管怎么样，谁能苛责爱美的女人孜孜不倦地和天气、岁月对抗呢？

定边人特讲究住房。房子是家、是根，是肉身的窝棚，是归属，一点马虎不得。从楼板房、二层小楼房，再到单元楼，还有顶天立地的小高层，定边人不会计较钱多钱少。手头不宽裕，哪怕是贷款，也要购置。不仅为自己，更为儿女，这是人活着的责任，也是活着的脸面。有钱的也在宁夏、西安购房。宁夏、西安的房地产商特别喜欢定边人，那里的老百姓却有点不高兴不欢迎，特别是西安，因为陕北人的加入，当地的房价一直居高不下，而且火爆、抢手。这些陕北人里，定边和神木、府谷的占了很大的比重。

定边人会享受最直观的表现是追随时尚。手机刚兴起时，马路上都是打电话的；摩托车时代，大街小巷乱窜的都是摩托车；汽车时代，逼仄的路上车轮滚滚。任何一条马路，特别是刮风下雨天气，长城街、鼓楼南北街、西环路，所到之处，长长的车流堵得严严实实。从路虎、宝马、奥迪到现代、大众，再到吉利、金刚、夏利，简直就是一个车子的盛会。外地人来定边无不感慨,定边人有钱啊,只见车不见人。人哪里去了?人都在车子里。多么准确的描述。是的,在定边,你看不到经济衰败,也不相信什么金融风暴。天塌下来,该吃照吃,该喝照喝,日子以前怎么过现在照旧怎么过。

结婚场面才叫气派非凡。无论是平民百姓,还是有钱有头脸的人家,一定要整清一色的豪华车队,排成长龙。震天的隆隆炮声从早上直响到中午,马路上铺满了一层层鲜红的纸屑。为了环保,在相关部门三令五申的政策干预下,花炮改成了电子礼炮。从起事到正日子,牛羊席、水果席、水酒席,连续三到五天。小两口婚后的日子更幸福——他们有房子有车子,自己赚的钱便自己享受。当然,结婚这一天的扬眉吐气和日后的自在,是新人的父母用半生的辛劳和汗水撑起来的。艰苦创业,让后代自己奋斗,在定边人的理念里,是另一层意思。把后代的生活安排得舒服妥当,他们虽然艰难、虽然辛苦,却心甘情愿。他们不觉得这是苦,他们认为这是他们的职责,是他们生活着的意义。

其实,定边人之所以活得这么富足,与所处的地理位置是紧密关联的。定边自古有旱码头之称,是陕甘宁蒙四省商道的必经之路。定边物产丰富,以前有"老三宝",现在又有"新三宝"。这些宝在任何时候,都能提供给定边人衣食无忧的经济支撑,他们轻而易举就能获得吃食。因此,定边人身上有一种天然的优越感。这种感觉不是装出来的，是随意的，是自然而然的，外面人叫"耍得大"。定边人从来不说我多有钱，从来不说我耍得大，他们的这种大体现在行为上。比如，随便地请客吃饭，也一定要有肉有菜，一定要荤素搭配，酒也是不能缺席的。必须吃饱了，喝足了。定边人说，人活着是为什么，就是为吃，为喝。吃不穷，喝不穷，命里穷才是穷。他们这种大，是不言而喻的，是自大而不言大的，颇有点大音希声，大象无形的意思。

地理位置造就了定边人的性格。定边人不给自己压力，也不和谁争，说富，轮不上；说穷，也轮不上。手头宽裕点，吃喝享受；不宽裕，也不是见钱就赚。下苦力的小生意，定边人一向报以观望的态度。定边人天生不着急，过去不急，现在不急，将来可能也不会急。即使天塌下来，定边人不知道什么是要紧，照样不慌不忙，在广场上聊天，在馆子里吃喝，在马路上兜风。

定边人的性格，是外地人喜欢定边的主要原因。定边人对自己是不是定边人也不是特别在意，更不要说别人是不是定边人了。外地人在定边不会产生自己不是定边人的漂泊感，也感觉不到在别人的地盘上就遭排斥被欺负。各个地方的人，四川人、甘肃人、浙江人、山东人……都喜欢来定边，大部分是东面人。东面人是定边人对榆林市各县人的称呼，主要指的是绥德米脂人。

不论是哪里的人，定边人都能够包容。

他们认为，一方水土养一方人，都是天地所生、天地所养。天地赋予人的精华和食物并不为一方人独有，而是天下人共享。上天既然派这些外地人来到定边，自有上天的道理，他们不在乎天天在眼皮子底下流动的人群，祖籍是不是定边的，是否在定边出生、定边长大，只要充分地呼吸过这里的空气，喝了这里的水，吃了这里的粮食，就是定边人，就应该与日同暖，与月同圆，共创热气腾腾的定边。

堆子梁的女子

"堆子梁的女子，天上的冷子，地上的磙子，砸在谁的头上，谁就顶着。"

不知从哪一天起，堆子梁的女子有了名气。不是因为端庄秀丽，不是因为温柔贤淑，而是和冷子、磙子一样，有了霸气、刚气、硬气，似乎更是盖过男人的悍气。

堆子梁的水土硬、风沙硬。吃着这水土、吹着这风沙长大的女子，自然就硬。堆子梁的女子，是风和土的融合体，缺少了水的阴柔，所以硬朗、泼辣、干脆、不做作、不发嗲、不撒娇，敢用粗俗的话语回敬同样粗俗的男人们。笑，就爽朗地笑；哭，便痛快淋漓地哭。

性情里多了理智，多了阳刚，多了果敢，也就多了担当。因为这性情，堆子梁的女子，都会持家、会当家。她们一直在忙碌，即使骨头乏软，遇上难怅事提不起精神，也照样做饭、洗衣服、收拾家，照样出出进进，把腰身扭成能干有为的模样，忙碌在家里院里。

土生土长

每一个堆子梁的女子,都能撑起一片天。她们会和男人一样,耕田、犁地、插秧、播种,也会骑着霸气的大摩托驰骋在乡间小路上,身后扬起沸腾的滚滚尘土。她们会做生意,菜市场上穿着大长褂子,一袋米、一捆菜,她们麻利地递在你的手里。在北市场,我就见过这样的女子。男人在家养鸡、种地,她在城里杀鸡、卖菜。她杀鸡利索、娴熟,从笼子里挑选、过秤、宰杀、煺毛、清洗,不足三分钟。在这个过程中,她有说有笑,在一长一短的家常里,在一附一和的话语里,与顾客的心就近了,再抹去那么点儿零头,回头客自然就多了。靠着诚信、勤恳、吃苦,她在城里买了地,买了房子。

男孩子找对象,其实想找个堆子梁的女子,但心里有几分担忧,又有几分顾虑。找了堆子梁的女子,不温柔、不乖顺,以后的日子会不会受气?或者一辈子地位在女人之下,是不是太窝囊、太没面子?其实,这是对堆子梁女子的最大误解。堆子梁的女子虽然刚、硬,但不蛮横、不粗鲁,她们也细腻如水、也善解人意、也懂得温柔。只不过,这种柔性被刚性盖过了,这种柔性潜藏在一点一滴的细节里。她们的头发也会烫成大波浪,也穿高跟鞋,也穿露肩的吊带裙,一样会在失落时靠着男人的肩,一样懂得示弱,一样会有柔软、卑微、纠结、疼痛,一样会表露出女人的柔弱和无奈,她们在心底,一样渴望被呵护、被关爱。她们,一样是柔性十足的女人。只是,这颗脆弱的心,她们不轻易给人看,只有在无人的时候、夜深的时候,把那些钝的、锐的疼痛揭开给自己看。堆子梁的女子,底色是温暖的,是温柔如水的。只是,她们习惯了一步步坚定地往前走,带着一意孤行的眼神,带着所向披靡的神态。

堆子梁的女子,还有一个好:直爽、开朗,一眼就能看到底,没心机,不会绕弯弯。爱,就爱得明朗;恨,也恨得直接。所以,和堆子梁的女子打交道,简单、纯粹、放心。

倘若听到"你是堆子梁的女子啊"或者"你怎么是堆子梁的女子",即使知道对方话语里的意思,但依然是自豪的,依然是满心欢悦的。冷子怎么样?磙子又如何?在堆子梁女子的心里,已经不是贬损,也不是嘲讽,似乎更是无法抵达的妒忌。堆子梁的女子在一起拉话,一句"你也是堆子梁的女子"两个人马上就变得亲切了,就谈心。或者"咱们是堆子梁的女子,怕什么呢?"语气里是肯定,是必然,是相信。当然,也有那么一些霸气。

想想都觉得欣慰,为堆子梁的女子,也为自己。这么多年来,一直保持一种性情,一直坚持自己,是不是就因为喝着堆子梁的水、吹着堆子梁的硬风?难怪我一直喜欢风,喜欢发梢被风吹起的感觉,那种刚硬里带着明艳的美。

我喜欢堆子梁的女子,也喜欢做堆子梁的女子。好长时间了,我一直想写堆子梁的女子,却不知道怎么写得好。或许是因为太了解了，或许是因为距离太近了，或许因为人都很不自知，怕写出来就不好了，怕写不出堆子梁女子的风骨，写不出堆子梁女子的灵动，写不出堆子梁女子的气度。又怕写得太夸张了，离得太远了，怕写出来，自己也不信。

堆子梁的女子是你写的那样吗？如果真有人问起，怕是一时会语迟——一个地方的女子，如果能说出来样样行行的好是小好，一下子想都说尽却又什么也说不出来的好才是大好。但，到底还是写了三三两两，写了星星沫沫。

如果我写得还靠谱，那么，愿堆子梁的女子越来越能干，越来越独立，有飒爽之姿，亦有缠绵之态。也希望，当你看到这段文字，若你也是堆子梁的女子，不要因为我写得不好而惊讶而嗔怪。

陕北婆姨

婆姨，土味十足的称谓。不知道多少地方管结了婚的女人叫婆姨，在陕北这块地方，不叫妻子，不叫媳妇，不叫老婆，叫婆姨。

女人生在陕北，或者嫁给陕北的男人，不知道是幸事还是孬事。由陕北的男人回答这个问题，答案是肯定的，他们认为自己生长在地阔天高的黄土高原，顶天立地，谁做他们的婆姨都是福气。而女人们不一定这么看，她们甚至认为哪个地方的男人娶了陕北的婆姨都是幸运的：能吃苦、能打拼、能扛起家，她们不是顶半边天，而是整片天。

我以为，天下所有的男人都要好好敬重陕北的婆姨，怎么敬重都不过分。陕北的男人更应该敬重陕北的婆姨，怎么敬重也都不过分。

陕北的婆姨是一朵花，是女人花，但不是绚丽的玫瑰花、富贵的牡丹花，她们是马兰花，是打碗碗花，是一朵朵有着植物香气的山丹丹花，是特别耐看又经得住风雨的开在黄土坡的不知名的花。

她们不会娇柔地被男人捧在手里、疼在心上，这些电视剧里虚浮而又矫情的词句，不适合她们。陕北的婆姨，是舒婷诗行里的橡树，不缠绕、不依附，昂首站立，和男人并肩抗击风雨。你看，家里院外，她们是一把手，和男人一样，出山、下地、锄地、薅草、收割，一年四季，她们的身姿摆出的永远是劳动的造型，展现的永远是最原始最朴素的女人的形象。劳累完外面的生活，进了家门，洒扫、做饭、洗衣、择菜，样样做得干脆利落。她们在场院里、在灶台旁的身影，是男人和孩子最踏实的安慰；她们回荡在袅袅炊烟里、回荡在琐碎的柴米油盐中的声音是男人和孩子最笃定的温暖。

家里，不能缺了这些婆姨。

男人在外面，几天、十几天、几个月不回来，家还是家。男人在的时候怎么样，不在的时候依旧是怎么样。而婆姨不在，哪怕是一两天，家就不是家了，就空落落了。孩子进门第一句喊"妈，妈"，没应答，就失魂落魄，没有了家的样子。家里家外，冷锅冷灶，凌乱而没有条理，饭菜将就着、凑合着。孩子一声"妈妈什么时候回家"的发问，会让男人的心一下子比孩子还慌张。婆姨不在，孩子和男人骤然变成了漂荡的浮萍。

而男人们在言谈举止中不感激婆姨，他们认为本该如此。你听,他们说,女人么,就是做饭生孩子,就是伺候公婆,喂猪喂羊的。说得理直气壮、义正词严。他们敢当着其他人的面,拾掇婆姨、数落婆姨,好像婆姨做了什么亏心事。婆姨们默声地承受着。她们不忍心驳男人的面子,让外人觉得男人在外面、在家真的是一声喊到底。

男人果真有当家的样子,甩手掌柜的样子。进了家,鞋子一丢,要么胳膊腰身舒得展展地躺在炕上歇缓着,要么脱掉两只臭袜子窝在沙发上看电视,要么和朋友弟兄胡侃闲扯……进了家门,他们就是老大,就是天,就敢把眼珠子瞪得像铜铃那么大,声音再提高几个八度,敢冲着婆姨嚷嚷。不高兴的时候,不顺心的时候,他们的驴脾气更是直冲冲的,有时候还会用拳头给女人一下子。让人心疼的是,这个时候,女人还在劳作,或者在拣豆子,或者在搓衣服,冷不丁地,就受了男人的皮肉苦。婆姨们把这些苦和痛接受着、隐忍着,嘀咕几句,也就作罢了。陕北的婆姨对于男人的这些不合理举动,在观念里是认可的,是可以原谅的。她们认为男人的打骂不是成心的——在外面受了气,不在婆姨身上发,在哪儿发呢?

更让人难过的是,男人喝醉了酒的时候,劳累了一天的婆姨,刚准备上床舒展腰身,男人一身酒臭、东倒西歪、跟跟跄跄,一头栽倒在门圪崂,头杵在地上,哇哇吐了一地。婆姨忍着剧烈的腐臭,把男人弄到床上。男人哪里肯乖乖睡觉，骂着、排佩着，用手指头指着婆姨，数落着她的不是，训斥她不温柔、不善良、不贤惠、不会持家；责怪她不体谅男人，看不见男人的死活。面对一摊烂泥般喋喋不休的男人，女人不回嘴，不应答，她不是害怕男人，也不是真的就是男人说得那样理亏。她知道，和醉汉是说不清个样样行行，讲不清个条条道道的。年轻的时候，也理论过，醉鬼男人变本加厉地折腾，第二天，日子该怎么过还是怎么过。后来，她们接受了男人把喝酒作为夜生活的方式，接受了他们回到家里蛮不讲理地耍性子。她们唯一能做的，是在男人如雷的鼾声中，就着夜色，吞咽这份无法言传、言传出来也没任何人支持的苦情。

第二天，她们等待着男人开口，等着男人说一两句歉意的话。在一阵哈欠声中，男人装得好像没有发生过昨天晚上的事情，好像他们根本没喝醉过没闹过，哪怕是梦里也没有过的。婆姨讲述细节，男人哼哼哈哈不承认，反过来说婆姨排佩他们、丑化他们，说婆姨把自己的零用钱买了衣服、化妆品，男人不说什么，男人用自己的零用钱喝个酒和朋友弟兄说两句知心话，却要遭到女人的编派。不是的反倒是她们了。婆姨没打算和男人说清楚，她们说下次给你用手机拍个视频——也就是嘴上说说，哪有真拍的。她们心里清楚，男人嘴上抵赖，就是死要面子。

我认为，陕北的男人都应该给婆姨道歉，道一辈子歉都不够。这些本来玉立柔弱、和别的女人一样可以小鸟依人的婆姨，顶风迎雨，承受了太多女人不该承受的体力活，情感上还要承受男人粗鲁的言行和伤害。在岁月的击打中，她们把自己磨炼得和男人一样刚硬、坚忍，和男人一样顶天立地。

她们想象过要过这样的生活吗？想象过自己是这个样子吗？想象过要一辈子过这样的生活吗？

是有过的。只不过，那是没有成家的时候。只不过，她们做了一些和现在生活完全相反的梦。那时候，她们雀跃活泼，水灵灵的，走路风摆柳，站立水蛇腰，穿什么像什么，怎么打扮怎么好看。谁都爱看她们走路，尤其是那些后生，眼馋。她们才不卖弄，她们心高气傲，依照自己的幻想在脑海里描摹着自己的生活。这些幻象太甜了，多少次，染红了照在她们脸上的月光。也有一些胆大的后生表示了想要永结同心，说了一些唐突的话，她们害羞地沉默着。不知道是肯定还是否定，那些后生为她们彻夜失眠过。

这些诗一样的日子真快啊，没来得及细细咂摸，已经在指缝中倏然不见了。她们头上遮着红纱巾，在欢快的唢呐声里，仓促地被推进了男人家的门槛。或喜或忧，她们被赋予了那个持重稳当的"婆姨"的称谓，和自己中意或不中意的男人过起了起起伏伏的生活。从此，就少了一个无忧无虑爱做梦的姑娘，多了一个稳重的、老成的，天天围着灶台出出进进的忙碌婆姨。紧接着，一个、两个，孩子来了。一个穿针引线、缝纫织布、洗衣擦地、蒸馍擀面、迎风顶雨的婆姨就在岁月的烟尘里天天鲜活着、生动着、强悍着……

陕北的婆姨，有花的娇艳，有水的柔顺，更有火的光亮与温暖；陕北的婆姨，是妻子，是母亲，也是女人。

她们爱护、温暖着家，陪孩子一同长大，和男人一起变老……

这些女人！这些陕北的婆姨！

陕北男人

陕北男人很能，能得像帝王。他们明明不是帝王，却把自己当作帝王尊贵着。别人不这样认为没有关系，只要他们自己这样认为就行了。

他们这样自信，在这些男人的观念里，并不是自我迷恋、自我陶醉，不是自己过分地抬高自己，而是上天的眷顾，是地域的造就。他们认为上天派他们这些黄土地的汉子就是来征服天下的，是做大事的。

你看，他们往那儿一站，膀阔腰圆，有底气、派头足、气势硬。说话自然声音大、口气大、笑声也大，一副天下乃我的天下，一切尽在我掌控之中的气派。

他们很自豪自己长得高大魁梧，也很荣幸自己生在天高地阔的黄土地。这片神奇的土地生长五谷杂粮，生长秧歌唢呐，生长缠绵的民歌，也生长剽悍硬朗的男人。他们坚定地认为，他们的大胸怀、大气度、大境界，就是因为吹着这悍烈的风，因为这硬朗的黄土地滋养而就的。

他们阳刚、豪气、粗犷、掏心掏肺、直来直去，爱便爱得炽烈，恨就恨得透骨。无论做什么，他们要的是气势，要的是架子，要的是场面。唱歌，他们抖开臂膀，扯开嗓门吼；喝酒，他们舍生忘死地灌。

他们有大抱负、大志向、大打算。一腔豪气没处安放时，做什么呢？谝闲传、喝酒，滔滔不绝地讨论国际大事，讨论美国和日本，讨论哪一个国家的领导人更强势，谁更不怕谁。他们也说官场，某某省长到了另一个省做了书记，巧的是，这个省长正好是他的远房亲戚，如果投奔，说不定也能沾沾光，捞个一官半职；也说历史上的大人物，评论这个皇帝做得好，那个皇帝不会治理国家……绕着绕着，一定要绕到自己的小圈子里，绕到自己的领导那里，说一些他们零零碎碎的八卦。说到自己的领导，哪怕这个官小到部门的小组长、小科长，甚至一个村子的小组长，他们觉得都是上天派错了人，坐在位置上的那个人，除了权力比他们大，其他都不如他们。他们屈沉在那个人的手底下，什么都得听他的，是非常窝囊的。他们感叹命运不公、怀才不遇、壮志难酬。最后，话题转到女人身上来，不谈到女人，这一次谈话的主题就不明朗，就没谈好，这顿酒也就没有喝好。

除了做事赚钱的时候低首、敛眉、忍气吞声外，他们把老大的姿态做得很足。在家里，什么都是他们说了算，家里门外一声喊到底是起码的面子和尊严。即使不是这样，他们的骨子里一定根植着这样的观念。他们当然不能婆婆妈妈，纠缠在柴米油盐的灶火圪垯，不能磨灭在洗洗涮涮的小事小情里。没本事男人、窝囊男人、光棍男人才干这些事。这些没出息的事自己干了，要女人做什么呢？女人不就是洒扫缝补、洗涮抹锅的吗？如果娶了厉害的媳妇，把他们辖制住，他们就认为是自己的命不好、运气差，才遇到这么个不明事理的女人。他的境况也会得到同伴们的普遍同情。

陕北男人在家里享受的是老爷待遇，特别是有了小孩后，他们一天比一天舒服。他们知道女人生了孩子，就会死心塌地、一心一意地跟着自己。再苦再累，忍无可忍，女人还是忍着。即使能够抛下他、抛下这个家，她们能舍得抛下孩子吗？所以，只要有了孩子，他们就可以放宽心地做老爷，吃穿用度，坐享其成，摆出用他们自己的话说就是"掌柜"的架势。他们认为在家里就是休闲、是放松。进了门，脱了臭袜子，他们懒洋洋地躺在沙发上，手指头摁着电视遥控，不停地调频道，最后在体育或者军事节目停下。要么拿着电话，不知和谁没完没了地召开电话会议，内容无非还停留在平时见面聊的那些，他们觉得似乎遗漏太多，很有必要再做一番补充。要么呼呼大睡，呼噜震天响。总之，他的五官四肢都是静止的。偶尔也做一回家务，脸色阴沉、眉眼紧皱。女人和孩子屏息静气，不知道他为什么会这样，不知道他会在什么时候发脾气，会因为什么由头发脾气。

他们对女人的好仅仅限于不缺衣少食。没发达的时候，女人嘀咕谁家的男人有本事，他们骂自己的婆姨太虚荣、势利眼。如果他们把大把大把的钞票从口袋里拿出来时，浑身都是胆气，一副不可一世的样子，脸上的笑容都在表达妻以夫贵的自豪，还要做一些夸夸其谈的补充："你跟着我，想吃啥吃啥，想穿啥穿啥，享福了吧。没有我，你行吗？"他们荒唐地认为女人在娘家就是为了做他们的婆姨准备的，做了他们的婆姨就应该放弃自己的一切，以男人为中心，为他们传宗接代，为他们做饭洗衣服照顾家，伺候他们一辈子。女人安分守己做好这些就是好女人，就是尽职尽责的女人，就像母鸡下蛋、猫捉老鼠一样是自然而然的事，是天经地义的。如果女人有什么想法，在外面打拼了一片天下，比自己能干，他们心里就郁闷、憋屈，就想方设法发泄他们的不痛快，找各种理由来和女人怄气。

他们有各种借口喝酒。明明和朋友聚会了，他说领导让他加班了；明明是喝酒吃肉了，他说有重要的事情要办了。你永远不知道他们怎么会认识那么多人，你也永远不明白他们见一面后就可以组织一场聚会，就可以坐在一起喝酒。他们有各种各样的理由聚会：结婚、乔迁、满月、生日、获奖……总之，只要想聚会，就可以坐下来；只要想喝，天天可以坐在一起喝。

陕北男人把喝酒作为男人的标志，男人的象征。如果哪个男人不喝酒,他们认为这个男人有病。事实上,他的确有病。没有身体的原因,不到了喝酒致命的程度,陕北男人喝酒就像吃饭喝水一样,天天如此。傍晚或者深夜,不论在哪条马路上或者巷子深处,都可以看到喝得烂醉的男人。有时候,在垃圾堆旁,在马路牙子上,他们展洋洋地、忘我地躺着,好像就躺在他家的大床上。他们的身板到底不是铁打的,每年都有因为喝酒而死亡的。这有什么关系呢?丝毫不会干扰到他们对喝酒的热爱和痴迷。他们说,人活着最后都是死,喝酒死了,是阳寿到了,就是那么个死法。

假如下世侥幸依然投胎为人,陕北的男人绝对没有情愿做女人的。他总觉得这一世人间的酒肉和快乐远远未尽,下一辈子还须再接再厉。

很多交情也是在酒桌上建立的。喝了一场酒,他们就认为是朋友,是知己,是过命兄弟了。除了老婆,其他一切都可以和朋友共享。朋友的事,就是自己的事。朋友有了困难,就是自己的困难。只要朋友开口,什么忙都可以帮。他们和朋友一荣俱荣、一损俱损;也有吃亏上当的时候,被骗了钱或是遇到借钱不还,他们不认为是朋友的良心坏了,而是朋友栽倒了,是人走在了背道上。

或许是生在黄土坡,长在黄土坡,播种、开花、结籽、成熟,长期的农耕文化熏染了陕北男人,惰化了他们的血性,缓释了他们的阳刚。久而久之,他们少了哄然而起的义无反顾，安于享受老婆孩子热炕头的安逸生活。他们不会变通的技巧，不会主动出走，不会上山蹚河去做生意、闯天下。那些轰轰烈烈的英雄，往往是他们看不起的走南闯北的南方男人。绝大多数陕北男人一辈子是在大抱负的向往和幻觉中度过的，从来没有真的做出什么大事情，只是用嘴巴满足了大脑诗意的想象。他们用渴望和期盼的眼神，看着自己的子女，希望下一代来成就他的伟大梦想。人生苦短，剩下的时光就是吃好喝好，好好享受。这样的生活一天接一天，一年接一年，哪怕是到了夏天凑在公园里唱歌、冬天躲在向阳处晒太阳的年龄，还是这样过活。

一位文友谈起男作家写女人和女作家写男人的不同时说，男人笔下的女人都善良、坚贞，对男人崇拜和仰慕，对他们百分之百的好，尤其是陕北的男人写小说，更是如此。他又补充说，陕北男人用母亲的标准来要求自己的女人，要求女人像圣母一样做妻子，这样的话听得人牵心动肺、五味杂陈。这是陕北女人浓得化不开的隐痛。她们在这块强悍的土地上一辈又一辈就这么过来了，有激愤、有怨言，即使忍无可忍，依然隐忍着、沉默着，而陕北的男人丝毫不觉得，他们认为上天就是这样安排女人和男人的，这样有什么不妥吗？没有。不妥的是那些无病呻吟的作家，是那些想造反的婆姨。

这样说陕北的男人似乎过了一些，陕北的男人一定会朝我扔石头。但是，我绝对没有诽谤、泄私愤的意思。你会说我写的是一派胡言，是一棍子打死，只有少数人是这样的。我战战兢兢地写下来，假如你是陕北男人，不要以为我说的是你，或者是你的父亲、兄弟、儿子。你就当是我的目光狭小，眼界不宽好了，因为我看到的小范围的陕北男人，就是这么个形象，给我的就是这么个印象。如果你正好是那个很有作为很有气概做了大事的，你一定是大格局大境界的，请你宽容我吧。

陕北民歌

你听过陕北民歌吗?

在山的褶皱、梁的层叠中,忽然冒起脆生生的一声吼,这吼声缭绕回环,翻卷跳跃,你的心一颤一颤的,像被什么缠住了,跟着这声音一起一伏,一绕一绕,你不由得张目四望。这个声音在洼洼在垴垴,在圪梁梁土塬塬,你哪里都寻不到,又哪里都听得到。

在陕北,在延安,在榆林;在连绵的坡圪圪、梁峁峁、圪崂崂、沟渠渠,随时随地都能听到的歌。

这,就是陕北民歌。

我更愿意叫它为情歌。

六月的日头腊月的风,老祖宗留下个人爱人。
三月的桃花满山山红,世上的男人爱女人。

你听这些歌曲,你再看这些歌词,哪一首都是酸不溜溜的情意，哪一句都像是露骨的、炽烈的表白，却一点也不粗俗，不低下。一张口，夹着生活的辛酸和爱恨，夹着心上眉间的情仇，从肺腑朗朗而来，倏然就能将你的心擒住。你不要管词是谁写的，曲是谁谱的，歌是谁唱的，在雄浑的黄土高原上，在乏味无聊的日子里，能听到人世间最通俗最生动的暖意，就足够了。

我是喜欢听民歌的，越老越喜欢的那种喜欢。对一些东西的喜欢，和年龄有关。年少的时候，喜欢流行的、新鲜的、一哄而上的。尤其是那些说不出名堂的幽怨哀伤，那些软绵绵的迷茫颓废，神秘得要命，崇拜得要命，爱得要命，哪里敢说家乡话？土里土气的声音，实在难听，甚至丢人。现在不了，年龄越大，越从心里对最初的东西、底色的东西有一种虔诚的尊崇。也越发觉得土话好听，朴实、厚道，也越来越喜欢家乡的民歌。

陕北民歌是从黄土里长出来的。它来源于形而下的生活，却有了高于生活的浪漫。这么一点点浪漫，就能将你的心紧紧揪住，才听了一句，就钻到心的最里层，把你紧紧地绊住、死死地缠牢，让你放不下、离不开。它美在生动，美在自然，美在接地气，美在有最原始的野气，有未经雕饰的质朴和单纯。它是走过玉米地看见两只蝴蝶想起心上人的忧伤，是上了坡坡瞭见人却拉不上话的惆怅。

它的美还在于土味和痴魔。像是谁的梦中人，熬过了腊月熬过了冬，熬到了桃花纷乱地开，熬到了热扑扑的身子在春风里动，你以为还是瞭不见那个人，一抬头，她却穿着蓝袄袄红鞋鞋，带着娇羞，站在崖畔畔上把一对毛眼眼对着你笑。

这不变的温度，这沉甸甸的情分，除了这热辣辣的情歌，谁还能给你？

墙头上跑马还嫌低，面对面坐下还想你。
一碗碗谷子两碗碗米，面对面睡下还想你。

这撩人的火辣，听一声，就会脸红，就会沸腾，就会心醉，就会奇痒难耐。这份爱和念想，在眼里，在心里，也在歌里。

如此热烘烘的情歌，如此毛刺刺的调调，会让你想到那疙瘩山上，一个结实硬铮的汉子，或者一个褶子纵横的老汉，站在脑畔，拖着老辣的长音，吼一声是一声。你站定在那里用耳细听，这三声两声里，有生活的酸甜苦辣，有人间的大悲辛，有一份揪人心魄的哀愁，你想不落泪都难，你想落泪，更难。

这些情歌是从心里流出来的，是黄土地上衍生的一个个故事。这些故事，不是发生在你的身上，却又像就在你的身上。没有在这片土地上贴心贴肺地生活过，苦过、爱过，哭过、笑过，没有那份忧伤和体会，怎么能唱得好这歌？陕北的男人女人，哪一个不会唱两嗓子？清清神、定定气，荡气回肠的声音就会从胸腔里冲出来。像商量、像倾诉，像发誓，字字句句都是情。是哼出来的还是唱出来的，是拦羊嗓子还是回牛声？都是，又都不是。这声音，是黄土大地深处奔出的最为震撼也最为柔肠的声音。

那些歌手，能将流行情歌唱得圆润婉转、如泣如诉，但是，拿陕北民歌一点办法都没有。陕北民歌排斥的是煽情和用力，要的是味道。

远道而来的客人，一听陕北民歌，瘾过了，放不下了，心软了肠柔了，热泪在眼窝里汪。他们说陕北民歌真好，好得想留在陕北。

因为这一句，心便滴出水来。客人和我们的心瞬间近了，也越发喜爱陕北民歌了。

就像当年走西口一样，歌唱是唱了，听是听了；泪流是流了，走还是走了。

而民歌，一直都在。你来或者不来，在民间，在苍茫起伏的黄土高原，它始终在酣醉地飘荡。

如果你走，我不留你；如果你来，我一定用最撩人的民歌，热辣地迎你。这是民歌的热度，是黄土地的热度，也是陕北人的温度。

大块羊肉

吃走。

吃什么?

大块羊肉么!

听到这样的话,你是什么感觉?是口福正从舌尖汩汩地膨胀,还是快活没来由地往上涌?

一方水土养一方人。人生在世,吃喝二字,这是定边人的口头禅,听听,他们把吃排在了第一位,衣食住行,都在吃的后面。人养三顿饭,吃,这门生活学问,他们领略到了骨子里。

定边的早晨,是从大块羊肉开始的。

灶台上支着一口大锅,羊汤在沸腾,羊肉在翻滚,香气在四溢。一早上的心情因为羊肉的味道便很快活。

一碗羊汤,几块羊肉,肥的、瘦的、花的、肋骨、纯肉都是自己站在锅前选好的。肉烂,却又不绵软,筋道,入口即香,咀嚼即碎。纯瘦肉不腻、厚实,是女人和娃娃的最爱。男人不行，没有肥肉和油，吃不出羊肉的好和香，这个好和香是什么感觉，真是不好说，舌头、喉咙、胃、骨髓和血液，都是这味道，沁得服服帖帖的，鼻尖上冒着汗珠，低着头，不说话，整个嘴角都是油。骨头也要啃，咧着嘴，肉用牙一撕就烂，但是声音和吃法还是要夸张些，最好能发出吧唧吧唧声，才能把香气正确地表达出来。两只油手，哪一只也腾不开，胡乱扯张纸，在嘴上一抹，纸瞬间成了透明的，沾满了油。做这些动作的时候，腮帮子还鼓鼓地动，嚼肉呢。大块羊肉的吃相不能文雅，要粗犷、俗气、蛮实才好，满脸流汗最出境界。细嚼慢咽、樱桃小口，吃得不痛快，也亵渎了羊肉的香气。

　　肉吃好了，还要汤汤水水来一碗面。碗是海碗，汤还是炖肉的清汤，要多、要浓、要烫，热气腾腾地冒。面，当然是荞面最好，刹的长条或者抿的小节，都很筋道、很爽口。胃不好，白皮面也不影响味道的纯正。油汪汪的汤上，撒上香菜，吸溜吸溜，汤香、面香，汤和面混合生发的香，香香与共，一下子朝五脏六腑袭来。生活的热度和幸福就具体在汤水里了，具体在一碗面里了。这种味道，是欲望和回味，还没吃完这一回，就想着下一回。喝尽最后一口汤，抹一抹嘴，非常享受，非常满足。活在世上，肚子里有美食填充，就不亏、就知足、就没白活。达官贵人是怎么个活法，皇帝老子又是怎么个活法，他们也不一定能在早上太阳的光芒里，享受这一口美味。

回头客不是吆喝出来的，店铺也不是选在显眼的位置就会爆满的。信誉和口碑是积累下来的，也能口传心授，但不是写在纸上，也不是具体在条条框框里、具体在一道一道秘而不宣的工序里，是客人吃出来的。你一口我一口，你一句我一句，口口相传。这一句一句的话，比圣旨条文还有威力，比刻在石头上和甲骨上还能耐得过时间的磨砺。定边的几家馆子，无论在繁华热闹的街面还是隐蔽的小背巷，都是顾客盈门。换了门脸，移了地址，不用写通知，也不用发传单，客人吃惯了，闻着味儿就来了，根本不担心老顾客会被抢走。吃惯了哪家的就是哪家的，赶也赶不走；不习惯，吃一回就不去了，这是多少年手艺和味蕾形成的默契。这种默契，紧密、牢固、恒久。

定边人爱吃羊肉，大块羊肉也是定边才有的吃法。这个传统是从什么时候开始的，谁也说不清楚。或许是定边和内蒙古接壤，受草原文化的影响，从内蒙古烤全羊、炖整羊的吃法中沿袭过来的；也或许是贫瘠的土地上，日月艰难，为安抚饥寒的肠胃，在烟熏火燎的灶台上，在一大锅汤水和油肉的滋养里总结出来的。

来了客人，定边人热情地招呼到羊肉馆里。刚坐定，肉端上来了，一口下去，就有了很深的回味和印象，说定边这个地方好啊，咋会有这么美味的吃食。从此，就记住了。如果在哪里碰见，知道你是定边人，马上说定边的大块羊肉真是天下一绝呢。人的胃口能背叛家乡。找到了合胃的吃食，把人安顿住了，把那一颗或远或近的心温软了，就不慌神了，就安稳了。世上的山珍海味再好，也抵不过实实在在的一碗大块羊肉呢！

定边的羊、内蒙古的羊、宁夏的羊……全天下的羊一样乖巧、绵软、柔顺，却终究免不了一刀子的结局，免不了浑身上下、五脏六腑都成为人腹中餐的宿命。定边人说，羊就是一盘走动的美味。羊生在定边，真是又悲苦又无奈。杀羊的时候，这个人拿起刀子，狠狠心，说对不住了，心想自己下辈子就转羊吧。是啊，下辈子是下辈子的事，要么变为青草，被羊吃；要么变为羊，被他们在脖子上捅一刀，再被他们吃。今生，生在定边，睡眼惺忪，穿起衣服，能吃上大块羊肉——这无可替代的硬早点，就再无渴念，真就在俗世里圆满了。你不相信没关系，你不认可我写的也没关系，只要你来定边，站在这热气腾腾的锅灶前，吃上几块肉，喝上一碗汤，再来上几撮面，你就会说，大块羊肉的美，你没写地道，没写入味，没写尽啊。

定边的炉馍馍

观面色,白里透黄,薄如书纸;掂一掂,娇小玲珑,卧于掌心;咬一口,甜腻绵软,满口酥香;嚼一嚼,松而不散,味厚难忘。它便是我们定边家喻户晓、童叟皆知的炉馍馍。

说起炉馍馍,它可是记忆里伴随我长大的食物。小时候家里穷,日常吃的就是黄米饭、玉米面饼子,炉馍馍仅是过年过节才出现在餐桌上的精细食物。因此,孩子们一到入冬就盼着过年,除了想急切穿上漂亮的新衣服,便是解馋。美味的吃食除了肉,就数炉馍馍最香了。

那时候,我家处在温饱边缘,白面几乎吃不起几顿,用白面做炉馍馍近乎是奢侈的事情。逢年过节,外婆经常送我们炉馍馍。腊八刚过,当外婆的驴拉车慢腾腾地颠到我家来了,我们就知道,炉馍馍肯定也来了。大老远,我和姐姐一溜烟儿飞扑到外婆的驴拉车上,嘴里嫩生生地喊着:"外婆、外婆!"手已经急切地在车里翻动。外婆一边笑盈盈地回应我们,一边启了纸箱的盖,小心翼翼地揭了上面的报纸,轻轻取出我们心心念念的炉馍馍。我们便紧紧捧起两只小手作碗,举在外婆的面前,急巴巴地等着她将那香美的小酥馍放在手心。外婆故意逗我们,她假意将馍馍举得高高的,要我们讲如何想她,我们掏心挖肺,说在梦里也盼望见到她,直哄得她满心欢喜了,才慢慢地将炉馍馍赏给我们。为了讨得这口美食,我们用尽浑身的本事。

如此,在那些荒贫的年月,我家过年从没缺过炉馍馍。

上小学三年级的时候,母亲第一次在家里做起了炉馍馍。她用几麻袋玉米和荞麦,换回了一袋子白面粉和做炉馍馍的鏊子。炉馍馍制作工序考究,必须要用上好的面粉和猪油。筋道而雪白的面粉,是炉馍馍皮细、薄的前提;猪油色白、纯、杂质少,是炉馍馍酥香的保证。母亲第一次上手做炉馍馍,外婆不放心,不请自到,当起了母亲的师傅。经过外婆和母亲的精心制作,父亲在鏊子上烘烤大约半小时,皮黄酥香的馍馍便活泼在眼前。母亲拿一个从中间切开,馍如层层薄纸折叠而成,馍皮层层浮起,要飞似的,外婆喜笑颜开,连声说:"好,好!"我迫不及待地放进嘴里,那满嘴的香气至今还在我的舌尖荡漾。也是在那天,我记住了,炉馍馍不仅是一种吃食,是节日的象征,更是生活转折的标志。

后来,随着生活水平的日益提高,炉馍馍已经作为常客走进了百姓家。不只是逢年过节，只要是闲下来，我们便可以享受到它的美味。不仅是日常的吃食，它还可以当作走亲访友、新媳妇新姑爷上门的礼物。那时候不像现在，馍馍用纸盒子装，而是用报纸包五个或者六个，五是五福临门，六是六六大顺，然后用红毛线扎紧、捆好。客人来了，第一道上桌的食品依然是炉馍馍。端起茶或米酒碗，炉馍馍捧在手心，主客寒暄，你家的好在哪里，我家的不足在哪里，原因是什么。这时候，炉馍馍已经是巩固友谊、联结亲情的纽带。

在农村，每逢丧葬、嫁娶，我们叫作"过事"，事主家要请来村子里的亲朋好友大摆酒席。农村的第一顿饭，一定是炉馍馍喝茶。乡亲品评这家人的事过好没，主要是从吃食上考量，而炉馍馍好不好吃，就很重要。炉馍馍吃好了，事就过好了，炉馍馍不好吃，事也就过得不怎么样。这阵儿，炉馍馍又成了一种实力的象征。

是的，从古至今，炉馍馍是始终伴随着劳苦大众的吃食，并且，这经典的食物只在特定地域，经过特定的烹制方式，由特定的人烹制而成。炉馍馍只有定边人做得最地道，且只有东滩的人做得最出名。是谁最先从众多的烤食中发明炉馍馍的呢？我想一定是位灶台边的女人。只有日复一日地执着才能在三餐的平凡里，挥洒出如此极致的温情与创意。

我想象着，她如常在炉上煨食，顺手拿起一小块儿吃剩的面团，扔了吧，太可惜。抹点油放在炉盖上烤熟，给孩子吃吧。她没有想到，这团抹上油的面，竟然烤出了别样的味道。这种烧烤，与她以往烤制的食物味道大大不同。于是，她惊喜地一而再，再而三地试验、品尝，发现在面和油里再加点糖，滋味无以复加。经过反复实践，她总结出了一道烤饼的独家心得：面团在手心，压扁，然后放在文火上，慢慢烘热、烤熟、熏香，蓬勃的热气笼罩屋子。寒冷的冬天，酥香的软饼上桌，男人吃得心甜意洽。这饼还有一个特点，耐放，多长时间都不发霉、不发硬。可加热了吃，也可随时掰开了吃。至此，每逢丈夫出远门，路上的干粮便是她烤的面饼。这软软的饼子里面，不仅有女人的精细，还有她对丈夫的关爱和深情。就这样，饼的制作方法，一传十，十传百，在庄户人家流行开来。此后，这精细的饼，便以面的雪白、油的酥香、糖的甜腻牢固地占据着定边人的味蕾记忆。于是，他们从制作工序、器具、色泽、形状，不断推敲、试验、总结，终于演变成今天酥香味美的炉馍馍。

炉馍馍面皮呈现深黄色，分离出一种黄金的质感，是最接近富贵之气的颜色。那么，它从乡间走向皇宫也是理所当然的。传说康熙北上，走到安边镇的时候，突然决定大军宿营。当地的老百姓拿出自己家最好的食物，皇帝仅尝了一口，便赞不绝口。回到皇宫，面对数不尽的珍馐美味，康熙辗转反侧，忘不了定边的炉馍馍。他遂下令，让陕西按期给他上贡。随即这惜弱怜贫的炉馍馍，走进了皇宫，成为贡品。故事是不是真的,已无从考证,而善良的定边人,对喜爱的食物赋予的这么传奇的故事,一直流传至今。

而今,炉馍馍已经作为定边的特色食品,成为迎来送往的一种礼品。考察项目的、投资的、观光旅游的、上级下来检查工作的,袋子里提的,箱子里、罐子里摆放的,车子里载的,无不是炉馍馍。2005年它又昂然阔步,进入了人民大会堂,被指定为"中华社会各界新闻人物代表共庆中华民族大团结同贺新春佳节大拜年"活动指定待客佳品。如此之高的巅峰地位,哪一种食物堪与炉馍馍相比?

今天,炉馍馍已由过去的"吃"食,变成了"送"的礼品,工艺也由家庭手工的、零散的、单一的制作发展成了集团化、企业化的模式。在形状、大小、馅料的变化以及产品的包装上,满足了不同人群的不同需求。产品包装有纸箱、陶罐、坛子等,价格也有经济实惠型和高档礼品型。它的身份已经不仅仅是食品、产品,更是产业、是文化。

炉馍馍,这吸收了地气、阳光、风雨之精髓的小精灵,蕴藏着醉人醇香的独特味道,从农家走进企业,走出定边,走出陕西,走向全国各地。

地广风高的塞北,戎马风情的边地,炉馍馍携着粮食的精华,嵌着美好与向往,从远古走来,填满了人们的胃囊,幸福了人们的生活。它,将一直在人们的心中酥香、生动、绵延不绝……

酿皮

各个地方,酿皮的叫法不一样,吃法也不一样。定边人管加了肝子的叫酿皮,不加肝子的叫凉皮,大米做的叫凉面。

如果你来定边,一定要吃一碗酿皮。

不来定边,你吃不到肝子酿皮;吃过定边肝子酿皮,你会不想再吃其他地方的酿皮。

一张面皮、一勺蒜水、一勺香油、一撮面筋熟练地在老板娘的盆里翻动。辣油要多放,越拌越鲜亮,越拌越勾人,软糯筋道的白皮上满是红油,口水已经在舌底不安分,再配上绿的香菜、冲鼻的葱花,滑韧绵软,香得你直叫喊。你吃得优雅些、斯文些,或者粗犷些、豪放些,都没有关系,哪怕发出吸溜吸溜的声音,嘴角沾着辣油,也不打紧。酿皮,一个人在马路边边的小摊摊吃,香;约上三五好友,谈笑风生,坐在店里吃,也香。

吃酿皮,不在于饱,而在于味。酿皮是老百姓的吃食,不分老幼，不分身份，可以和正餐分庭抗礼；做下酒菜，可替代花生米、拍黄瓜。家庭主妇一个人在家，懒得做饭，吃什么呢？一碗酿皮，搭配一碗稀饭，简单是简单了，将就是将就了，但便利，刚好充饥。定边的酿皮常和麻辣烫、羊杂碎一起卖。味蕾的幸福在于凉热之间，酿皮和麻辣烫，一冷一热，冷热之间，有对比，香是缭绕的香，映衬的香，美得停不下来，非常过瘾。这是专为年轻人造的口福。每个小区门口、学校门口、公路两边的麻辣烫酿皮店，就是为他们准备的。

酿皮似乎哪里都有，区分度在于拌料的轻与重、稀薄与浓厚。面皮哪个地方的都一样，放肝子的怕只有定边的酿皮。羊肝或者猪肝，都好。我喜欢羊肝，素淡的面皮，有了辣和一点点的肉腥香助阵，口感马上不一样了，肝子让整碗酿皮都有种雄霸的香气，那香能超过一般酿皮百倍千倍。我吃过陕南关中的、宁夏的、甘肃的、内蒙古的酿皮，最好吃的，还在定边。宁夏的酿皮，味道太冲了。闻名陕西的汉中酿皮倒也相当好吃，但是那拌料略显淡薄。定边酿皮，就麻辣肝这一味，比起汉中的柔淡、宁夏的腥膻，能直挠到人心痒处去。没有肝子的酿皮，还能叫酿皮吗？这一点点的肝子，缠人的口舌、拴人的肠胃。无论走到哪里，只要提到酿皮两个字，麻辣肝子和面皮的香味已经在舌尖上游走回旋。酿皮，就是乡愁哇。你看那些快递公司，天天接单，把定边的酿皮从这个不起眼的小县城输送到全国各地,把乡愁传递到远在千里之外的游子口中。

　　定边酿皮店有以地名命名的,有以人名命名的。可见,定边的婆姨都会做酿皮,家家户户经常吃酿皮。寻常人家大都不在家里做,喜欢出去吃。这么多的酿皮店,各家有各家的味道,各家有各家的秘方,各家有各家的顾客。我想这个小城之所以这么盛行酿皮,在于定边地处塞北,与甘肃、内蒙古、宁夏接壤有关。这里气候干燥,民风强悍。大碗喝酒大块吃肉,完全是大家气象。腥荤之余,一定要拿什么解腻,酿皮就闪亮登场。都说陕北人食不厌精、脍不厌细,说的可能是绥德、米脂、延安一带的人。一个洋芋,他们也能变出十几种花样来,吃得千回百转、回味无穷;就是一种荞面薄饼,又是拌酸汤,又是拌豆芽,琐碎得很。定边人没那么精细,也不那么讲究。一碗面皮,加上肝子,大碗满盘,便是一道美味。正是一方水土养一方人,一方人吃出一种滋味。

　　这么好吃家常的酿皮,我现在不常吃了。吃的东西也会伤人。上学的时候天天在校门口吃。卖酿皮的是一对老夫妻,人看着热情、面善,我吃酿皮一直在他家,一次吃坏了肚子,住了半个月的医院不见好转,差点要了命。以后只要吃凉的,肚子就会不舒服。见了酿皮,我有种莫名的恐惧。这么多年了,酿皮再好吃,卖酿皮的再热情,我却再也没吃过。这种记忆太深刻、太难受了。

但我还是喜欢陪别人吃酿皮。如果坐在敞亮的位置,抬眼观望窗外来来往往的人,和朋友有一句没一句地闲聊,这热闹看得人就十分欢喜,我就觉得生活是如此美好,我们过得如此有滋有味。

羊杂碎

  吃羊杂碎,门面不要大,墙被熏得乌漆麻黑,灶台的案板上渍一层黑垢;桌子看起来很稳,又不稳,排成一排,从灶台直排到门口,甚至到了马路牙子上;一溜小凳子散乱着——这样的门面,看着不干净,却接地气,做出来的东西地道、味道好。远远闻过来,就香得不行,不来一碗,你走不动。

  磨旧的老碗里,滚烫着汪汪的红辣油,粉条在翻动,葱花的冲劲和着芫荽的清香,撩拨着你的胃口。再一嗅,就忍不住了。不能着急,要稳当,要有次序、有节奏。倒几滴醋,撒上几勺辣椒面,搅动几下,从碗底往上搅,再搅,几片羊肚,几条羊肠,几丁羊肝羊肺、羊头羊舌,几撮炸好的洋芋条,腥膻、麻辣与炸货缠腻得足够久了,渗透到位了,温度降下来了,浓淡恰恰好了,吹一吹汤,吸一口,粉条的滑腻、羊杂的筋道、炸洋芋条的酥脆,滚烫着、熨帖着,就不说话了,也顾不上看别人,勾着头,只呼噜呼噜地吃。一股热流从舌尖到胃,又辣又热,一路翻滚,三口两口,额头就有了细细的汗珠。于是,净听见一张张嘴发出的声音,听见粉条的吸溜声,偶尔,还有一嗓子:"老板,再来点葱花,再来点芫荽!""老板,再来点洋芋条!"这边声落,那边声起:"好嘞!"

一碗下去,还嫌不尽兴,再要一两张煎饼,或者白皮饼、油旋,哪一样都好,浸泡在羊杂碎汤里,汤立马稠了,吃在嘴里,又辣又黏又烫,绝了。幸福感顿时升起来了,你就觉得生而为人实在美好。同样是生命,同样是一日三餐,鸟雀们能够吗?羊们、牛们能够吗?显然不能。别的地方也有羊杂碎汤,不纯正,肺片里加了太多的面粉和豆腐,味道就不对了,也有一些地方的羊杂碎汤只有星星点点的下水,腥味不足,感觉就差了很多。你就更觉得,生在定边,真的是一种福气、一种幸运。

就是同样的食材,搁在不同的人手里,味道也不一样。这一口腥膻的吃食,自然有做得出了名的,公认的有一两家。谁家的好,谁家的更地道,还真是不好说,完全是根据口味决定的。很多地道的馆子,往往都深藏不露,都在小巷子里。胃口对了,服服帖帖地跑上大半个城,折腾是折腾了,时间是费了,心里却欢喜着呢,为了那家的味道,不觉得麻烦。铺面窄小,但亮堂;桌子、板凳油污黏腻,但一点也不让人介意。吃羊杂碎,就得在这不豪华的小馆子,里面坐不下,蹲在门口、马路上,甚至有苍蝇飞过,照样的香。杂碎是民间的吃食,如果没有了浓浓的槽头味、腥膻味,肠胃一下子就变得手足无措。肠胃迷失了,还能吃出多大意思?

定边的杂碎馆,疏疏密密地遍布在各个角落。人多的地方,就多;人少的地方,散落着两三家。早上门一开,人就不断。

隔几天不吃杂碎,心就慌得不行。缺了那点味儿,日子过是能过,却过得索然、寡气、单调,过得空落落的,哪儿哪儿都不对劲儿。杂碎不是主食,不是一日三餐所必需,却少不了,缺了更不行,滋养着胃口呢。

吃过大街小巷的杂碎,尝过这家那家的味道,越来越迷恋妈妈做的杂碎——辣子不是很多,口味也清淡,杂碎足,槽头味大,腥膻味重,足够纯,足够釅。不仅仅是这些,我更享受坐在自家的土炕上,边吃杂碎边听妈叨叨:"好好吃,我做得没人家好,但不花钱,人家的再好吃、再贵,不是我做给你的。"说着,一勺子稠的羊肚羊肠就添进来了,就这么边吃边添,一碗下来,撑得动不了。是的,天下再好的吃食,能香得过妈妈的那一碗吗?就算一碗杂碎味道再是绝好,可那里头少了爸妈的絮叨和牵挂,在心里不还是淡了。长大好吗?小时候觉得太好了。真的长大后,就不觉得好了。长大后发现,做杂碎的人越做越潦草了,让吃杂碎的人越吃越有了杂碎以外的味道。

在外面吃羊杂碎，端着碗，吃得忘乎所以，也吃得了无遗憾。这些年，渐渐地很少在外面吃羊杂碎了，不是杂碎不好吃，也不是自己吃多了腻味，吃着吃着，就会看见妈妈颤颤巍巍滚出的羊杂碎汤，在心里滚烫着，就觉得在哪里吃，都不如坐在自家炕头上吃的那一碗，眼前的再好，也吃不出那个好来。都说我多愁善感，原谅我，一碗羊杂碎，都能越吃越狭隘，越吃越偏执，越吃越没出息。

一碗荞面

没吃过荞面，不是定边人；不吃一碗荞面，不算到过定边。

荞面，顾名思义，是荞麦磨成面粉做成的面，定边人叫荞面。定边的沙土，最适合荞麦的生长，生长期短，产量高。荞面，是定边土生土长的食物，是最朴素最简单最亲民的食物，是最有烟火气的食物，也是最没有贫富之分的食物，寻常百姓爱吃，富人也爱吃。

荞面的做法看起来简单，又不简单。简单，是谁都会做，只要一碗水，一把火，就可能做成一碗面；说不简单，是想吃到攒劲儿的一碗面，得下功夫。这个功夫，不一定和时间有关，也不一定向最好的师傅学习，就能掌握。有的人一辈子在做面，一辈子都没做出地道的面，更没做出一碗让人回味悠长的面。

最好的那碗面，不在大街小巷的饭馆里，而是在老百姓家常的饭桌上。

定边的婆姨们，各人有一双巧手，各人都可以做出一种不一样的味道。有一千双手，就有一千种味道。于是，荞面花样百变地被端上了各家各户的饭桌，日复一日的日子，才不那么单调乏味。

荞面最家常的吃法是饸饹，筋道、爽滑。长长的面条，从饸饹床子压下来，大火煮熟，捞在海碗里，配上臊子，吃起来柔软又有韧劲儿。臊子可以是荤的，也可以是素的。荤臊子有肉，羊肉或者猪肉，切块的炸豆腐、炸洋芋块，烩入炖肉的腥汤，再撒上芫荽、芹菜、葱花，又香又美。素汤，一般都是酸汤，一碗冬天的腌菜汤，配上腌好的蔓菁条，酸爽无比。没有菜汤，用醋、葱花、酱油代替也行，但是味道就和冬天的汤不一样了，也可以不调汤，干拌，卧一个鸡蛋，放烧红的清油，浇在调料上，拌起来，也特别美。

吃饸饹要抱着大碗，低着头，哧溜哧溜，越响越显示出对面食的肯定。直吃得汗流两颊，喝完最后一口汤，肚子吃撑了、吃胀了，还舍不得放下碗，还想吃，就算吃好了。主人根据你的吃相，就知道你吃饱了，可还是不免要很热情又很厚道地问一句："再来一碗？"客人打着嗝，连连摆手。

最让人欲罢不能的饸饹是喜宴上的。第一口汤喝下去，就能揪住人的胃，你永远不知道其中的奥秘，不知道为什么用了同样的食材、同样的做法，甚至同一个厨子，在自己家里和在宴席上做的为什么不一样。做过事饸饹的厨师说,锅大量多,做出来的就香。这个说法有一定的道理。过事行礼,人们最惦记的往往就是那一碗荞面饸饹。这碗面吃好了,主人和客人就都安顿好了,他们家的事也就过好了。一碗饸饹面的分量,超过了一桌子山珍海味。定边人过事的排场和体面,吃食上是占很大比重的。

剁荞面,又是一种味道——和饸饹比起来,涩,不滑溜,爽滑感消失了,但是就是这一点欠缺了的爽滑,荞面本色的味道才凸显出来了。来亲戚了,拿什么招呼,剁荞面么。吃得实在,又不失体面。主人卷袖和面、揉面、剁面,一边陪客人聊天,一边从容做饭。待那一根根细若游丝的面在开水锅里翻滚,捞进碗里,客人再一筷子一筷子挑起来,送进嘴里,直到吃得一口汤都不剩。剁荞面,是荞面的味道,又是人情的味道。

另一种精巧的吃法是搓圪饦儿。面团放在掌心,精灵子似的,跳来跳去,比饸饹和剁面费时间,需要主妇拿出很大的耐心和娴熟的搓面技巧。细致精心的吃法,更显情意,朴素的一碗面,也能吃出坚贞不渝的情缘。民歌里有一句:"荞面圪饦儿羊腥汤,死死活活相跟上。"质朴的大白话,是不是比诗歌和电影里的海誓山盟要意味深长?

荞面的吃法丰富得让你无从选择,一天一种,也绝不重样,刀削、搅团、抿节、搓窝窝、擦鱼鱼、凉粉……能做出几十种花样。荞面做法简单，容易上手，但是因为每一个人倾注的情感不一样，味道也自然千差万别。

如果你懒得做，又实在想吃，想汤汤水水吃得舒坦、吃得香，又想吃得便宜，定边的大小荞面馆到处都是，饸饹、圪饦儿、剁荞面每家都有，酸汤、荤素臊子口味众多，虽然没有家常味那么地道，也绝对保证你吃得肠胃沸腾、身心舒畅。

猪肉酸菜

定边有一句老话："亲不过姑舅，香不过猪肉。"这句话说出了定边人炽热的性情，也说出了猪肉的香美。亲姑舅来了，上一大盆子猪肉，实在、亲切、温暖。猪肉香，和最亲的姑舅一起吃才更香；姑舅亲，舍得给姑舅吃猪肉才是真的亲。这一句话里的深情，外地人是体会不到的。猪肉是各地都有的，也是各地都吃的。其他地方吃猪肉通常是炒菜里放一点点，而定边人吃猪肉，是大块子骨头肉和菜烩在一起吃。老远有人问，亲戚给你吃啥？你回答猪骨头，话里话外都是得意和美气，听话的都知道，就是猪肉酸菜。

定边的猪肉酸菜，好吃是出了名的，也是老百姓的家常菜。猪肉，其实是指排骨肉，肋骨、脊骨、大骨都行。骨头上的肉一点也不能剔，最好是瘦多肥少。有人以为纯瘦不腻，其实排骨的香，不在瘦，在肥瘦相宜。纯瘦的排骨，太柴、粗而硬。稍微夹一点点肥膘，不能太多，最好是在瘦肉中间或者是表皮夹带那么薄薄一层。排骨里的肥肉经过干熛，沁入瘦肉，绵软细嫩，小火慢炖，浓浓的香味就出来了。精通做肉的主妇，肉一下锅，刺啦刺啦，整个院子都能闻到香味。猪骨头在锅里咕嘟咕嘟冒着泡，香味一阵一阵地往外飘，嘴里的口水一波一波往下咽，肚里的馋虫火烧火燎往上拱。好不容易等到上桌，夹一块放到嘴里，油香油香，从舌尖直流到肠胃。吃猪骨头可以不文雅，两只手最好不要闲着，一手把住骨头，另一手托肉，太绵烂了，一口咬下去，油汁出来了。忙活得话也顾不上说了，埋着头，两手两腮都是油，肺腑都沁满了香气。吃猪肉酸菜，最好就两米饭。两米，就是大米和黄米两种米掺在一起。黄米涩，正好可以解猪肉的腻。还要坐在冬天的火炕上，热腾腾的火炕，把身体熨帖得舒舒展展，桌上猪肉的香气、炕上的亲人，氛围好极了，直吃得人更亲了，肉更香了。

一样的肉菜，放在不一样的灶台上，搁在不同的主妇手里，做出来的味道很不一样。这些做猪肉出了名的婆姨说，最关键的是熛肉和酸菜。

我试着按照人家说的方法做过无数遍，无论怎么做、无论做多少次，都做不出那个味儿。熛猪肉是有技巧和秘诀的。

猪肉加上酸菜，就是猪肉酸菜，也可以叫酸菜猪肉。可见，在猪肉酸菜里，酸菜起着画龙点睛的作用。

酸菜，是入秋以后用大白菜腌的。把成担的白菜洗净，放在滚水锅里烫一下，捞出来，晾去水汽，下缸。一层菜，一层盐，码实即成。随吃随取，可以一直吃到第二年春天。

　　酸菜腌到腊月，数九寒天，已经发到位了，最好吃，又酸又咸，又脆又耐嚼，即使是生吃，也特别美味。有人把酸菜切碎，拌上清油，就面或者稀饭，酸香，滑得很。腌酸菜，是古老的并且一代代流传下来的吃法。在定边，家家户户在秋天都要腌酸菜，有的喜欢腌得酸一点，有的喜欢腌得淡一点，有的喜欢腌得脆一点，有的喜欢腌得绵软一点。每家每户酸菜腌的味道都不一样。你问这些婆姨，她们腌菜的时候是怎么掌握的，她自己也说不上来，好吃的是一直酸爽好吃，难吃的一直难吃。关于腌菜，还流传一句话，说哪个女孩子小时候淘气，抓过麻雀，那她这辈子也别想腌出好吃的酸菜来。关于这个说法，我是不信的。我小时候玩过无数的麻雀，捣过鸟窝，掏过鸟蛋，吃过麻雀肉，但我腌的酸菜酸爽脆生，特别下饭。

　　作为猪肉里的主角，酸菜压轴出场。把酸菜从缸里捞出来，过一遍水，将盐稀释，切碎，挤出水分，抟成拳头大的团子，待猪肉绵烂，将酸菜、粉条、洋芋、豆腐一起放进去，熬十来分钟，出锅。

　　和腌酸菜一样，定边家家户户喂猪。春天逮崽，腊月吃肉。以前粮食不充足，喂糠皮泔水，头一年春天捉猪娃，第二年冬天才喂得一百来斤。那些年，黄米饭吃饱就不错了，只有杀了猪才能吃上猪肉。杀猪菜，又叫槽头菜，是必须要吃的。猪刚杀倒，割一块肉，婆姨们赶紧下锅，几个小时过后，所有的亲戚，大人小孩，围坐在一起，边吃饭边说笑，红火热闹。在我的味蕾记忆里，杀猪菜第二天回了锅，更香。

而今，日子宽展了，想吃可以天天吃、顿顿吃。不想自己做，街上卖排骨烩菜的馆子特别多，大街小巷，随处可见。招牌突出的是农家猪，这样吃的人多。一进门，酒香、葱香、肉香，一股脑儿涌过来，你咋能不吃呢？

不知道是喂猪的多是专业养殖户，味道就变了，还是吃多了口舌贱了，猪肉酸菜始终没有记忆中的杀猪菜香，就觉得食堂里的大厨做的肉菜，也比不上那时候乡下婆姨的杀猪菜。从小吃惯猪肉酸菜，离不开，隔三岔五不吃心慌得不行。虽然不会像小时候姑舅来了，大家谈天说地，坐在一起吃喝玩乐，但是你和家人坐下来，不紧不慢地聊天，就一碗米饭，淋漓尽致地啃几块排骨，还有什么比这更有滋有味、更幸福的呢？

土长

村娃

村娃是一位老人,将近七十,和不多的几个留守老人一样,执着地守着村子、守着家。不同的是,村娃单身。在城里没有可牵挂的儿女,村娃就一心一意地守着自己。

村娃结过婚,相继地离了。听老人讲,村娃憨直,不会笼络女人的心,那些女人一个一个义无反顾地走了,连一儿半女也没给村娃留。村娃也就死了心,断了娶媳妇的念头。从我记事起,村娃一直是单身,拿着鞭子放羊。春夏秋冬,水草丰美的河滩,总有村娃和羊群的影子。我没见他种过庄稼,没见他干过农活,好像他生来就是放羊的。

村娃喜欢赶集,一次也不落。每隔五天一集,村娃骑着二六自行车,慢悠悠地来了。一路都是熟人,就打招呼说:"村娃也赶集了,买啥?"村娃就笑,说:"也没买啥,闲逛。"当然也买,都是庄户人家的日常用品,一包烟、一捆菜。镇子并不大,一个圈兜下来,也就十来分钟的时间。集市上卖的东西全,针头线脑、衣服鞋袜、锅碗瓢盆、水果蔬菜，应有尽有。和所有赶集的人一样，村娃并不是买了东西就回，在集市上转来转去，左看看右瞧瞧，就是为了闲逛，为了散心。再遇见熟人，蹲下来，谝一阵子，这个集也就赶好了。这是村娃唯一的业余生活，也是唯一的娱乐消遣。

村娃很落魄，也不讲究，短而乱的平头，常年一身灰套装、胶鞋，一看就是没女人疼的那种。他总是带着笑，好像很幸福，什么忧愁也没有。一个人吃饱了全家不饿，除了放羊就是睡，这么简单的生活内容，这么无欲无求的生活方式，能有什么忧愁？

村娃在村子里没有绯闻，没有听说他敲过哪家女人的窗户，没有听说他给谁家的女人示过好。或许他对女人失望了，或许他对婚姻生活失望了，或许他认为一个村的低头不见抬头见，不应该、不能也不敢做出逾矩出格的事；或许他认为女人是不可接近的，也是不可招惹的。寂寞是寂寞了一点，一个人熬过没有温存和体恤的日子，熬过那些没有知己的孤单，到底是寡淡了许多。但是有家就不寂寞吗？那些天天和女人吵架的男人，那些对女人言听计从的男人，心里憋着多少委屈？他倒是反过来可以同情他们的。

婆娘们骂男人不立事、没出息，就说："你和村娃有什么两样？"当然不一样，村娃是一个农民，却不愿意种地，也不愿过老婆娃娃热炕头的日子，就愿意放羊。天天去放羊，和娶老婆过日子哪个更幸福？当然是过正常人的日子更好一些。但是村娃就是选择了放羊，这是人生观的问题。他不计较收成，不忧虑年馑，和所有要在村子里活得板板正正的男人不一样，他完全按照自己的意愿活。他和女人合不来，和其他的所有人走不近。他一定在放羊中找到了乐趣，放羊的过程滋养了他，鼓舞了他，使他不管别人怎么看他、怎么说他没出息，也都不在乎。他享受自己的世界，并在自己的世界里得到了快乐和自由。

他生错了地方。村娃被迫做一个农民，庄稼的事他做不好，也不愿意做。我认为他高于农民，而接近一个诗人。他和生活环境发生了错位，他在庄户人这个生活场景里，活得看起来窝囊而没出息。

他也从没有想过进城，没有像那些单身的男人，四面八方闲逛溜达，过一天是一天，挣点钱都放进相好的口袋里，没钱了又过得寒碜潦倒。他把自己的日子过得谨慎而又隆重，觉得一辈子在生他养他的地方放羊，实在太好不过了。村娃对这个村子始终保持着一种热度，他从未想过要远离，也没有要做一番大事业的念想。他一直坚守着一种生活，平平静静，无喜无忧，带着喜悦放羊、放羊，一天又一天，一年又一年。

自从我在县城落了脚，村子回得少了，也就好多年没见村娃了。那天在村口的小桥边遇到拿着羊鞭的村娃，听到他经年不变"嗨嗨"的放羊声，我又觉得，村娃真是活庄子。

土生土长

东 明

东明是老公的书友，我见到东明，是在老公的书院里。

东明和我没有交集，书院里短短的一见，是我们的第一次见面，也是唯一的一次见面，我却觉得他极熟悉。或许是因为东明也是东滩人，和我是同乡，都是吃着一样的水，吹着一样的风长大的，都性情豪放，属于直性子，又或许是他别样的个性，正好是我欣赏的。

东明生于定边，长于定边，却在重庆生活。按时下流行的说法，叫作走出家乡的定边人。走出定边的人，一种是读书人，他们努力地往外走，若干年后，成了名流显贵，衣食锦绣，辉煌耀眼，却把手放在胸口上，动情而浪漫地说："忘不了我的黄土地。"另一种是贫穷逼迫着，跺了跺脚，做起小本生意，慢慢地却把生意越做越大，大到不得不到更大的地方发展的人。这两种，东明都不是，他是在重庆找了女朋友，是被爱情召唤的有力回应。

这么看来，东明是幸福的。幸福的不只是感情，还有生活的闲散。他早年做生意，有了足够支撑他后半辈子幸福生活的积蓄，保证了他的闲散。想看哪里的山水，就在哪儿待着，享受着逍遥散淡的慢生活。没有经济的烦扰，没有俗务缠身，就有了一大把一大把的时间，在阳光下打盹，在细雨中漫步，在夜灯下读书。哪怕是望着头顶一朵闲云的变幻，他也是极其投入的、无他的、没有杂念的。《红楼梦》里宝钗说宝玉是富贵闲人，东明大概就是这个样子。

这种悠闲，如果再有一种艺术浸淫着他，让他深深地痴迷着，比如书法，是再好不过的。难怪他的字，写得那么好。他拿出了最自然的书写状态，这是书法本身的状态，是从一开始就符合的状态。他不加入任何协会，不和主流的步调保持一致，不需要被认可，看起来是自娱自乐的闲情逸致，其实是对书道保持着本真。对名利的无挂碍，就不会在名和利间徘徊、失衡，也就不顾念、不张望。果然，热闹的书法圈里，听不到他；密集的奖项和名家里，没有他的名字；趋之若鹜的交流聚会、讲坛里，看不到他的身影。而他随性的泼墨落纸，既能惊倒主流，也能醉倒名士。

书法家写字的时候很能，东明的能，不是傲睨天下、自以为典范，而是技法在胸中运化得太熟太久，是从内心里迸发的自信。他的自信，是不以权威为标准的肯定，是不迎合时势的从容，是我认准的就是对的的那份坚决，是遵从书法、书道的自然。什么人写什么字，他的这份由着性子来的我行我素,这份我就是我的不拘一格,这份你懂不懂无所谓的随意,只能写草书,也一定是草书最好。

他写字的时候,书友屏息静气,看得入神,书院里静得只听得声声惊叹。每写完一幅,他会讲笔法,讲很多细节的点睛之处,这是每一个写字人的绝技,东明不保留,对家乡人的真情和坦荡一览无余。他给热情的书友送了很多字,书友们高兴得不得了,说家乡的人到底还是不一样。东明也写了四个字送我:情不自禁。这几个字,是心里的万千思绪奔流急下,是一副肝胆热肠的无法自控,是自己也掌控不了自己的淋漓跳脱。

不知道东明写字的自信感动过自己没有,却极深地感动了我。不知道他坚持自己、不计毁誉的光阴里,有没有受到怀疑、猜测、讥笑、嘲讽。不知道他不和主流保持一致,独自沉浸在旁若无人的世界里,有没有受到过否定、贬损、打击、羞辱。如果没有,真的是幸运;如果有,不知道他又是如何把这么多的否定一一接住,又一一放下。无论是哪一种,都要有一颗强大而坚定的心,方能经受住这尘世纷纷,方能撑得起这一意孤行。

东明说:"写字和处世一样,要和流行保持若即若离、不远不近。"这句话耐人寻味。这是立于深渊旁,却不跌入其中的冷静和自知。他在一个人的光阴里,一定很寂寞。知音讲究的是缘分,可遇不可求。如果没有,只能是一个人的山高水长，一个人的深厚情意，一个人的冷暖自知。谁让你的标准那么异化，谁让你不保持大众状态、不认定均码标准呢？

东明的不随俗，不在意，恰是入了境的大格局。

林散之的书论多次主张写字的人要做到不迷恋时名，不与人争。我想，东明就是那个把时间当作评委，且让历史筛选和界定的人。

和姬老师排合唱

办公室通知我参加建党一百周年大合唱比赛，说负责排练的是姬老师，我就相信我们能赢。姬老师六十多岁了，声名赫赫，创作过很多作品。在多少次职工大合唱比赛中，他排练过的节目几乎没有拿过第二名。

姬老师脾性温和，或许是因为年岁渐长，身上的躁气已被音乐涤尽，一个多月反反复复的枯燥排练中，他没对我们发过火。他衣着普通，冷了加个马甲，热了就把外套脱了。贴着头皮的自来卷随着手臂一动一动，煞是有范儿。姬老师排练最易进入境界，指挥、钢琴、指导都是他一个人完成，坐下站起，站起坐下，从上午到下午，从下午到晚上。他不说累，也不刻板严肃，偶尔说几句很有趣儿的话把大家逗笑，偶尔把头发甩几甩，以表示他的心潮澎湃。整个排练过程，一直有他幽默的言辞和风趣的动作。

专业老师教好专业学生，是再正常不过的，因为互通，所以容易领会。业余老师教不好业余学生也是可以理解的,因为彼此都不在正确的路上,岔道走得远了,也极容易被原谅。但是一个专业老师想教好业余学生就有点难。那一次的比赛规则又不同,只允许钢琴伴奏,姬老师说他的压力很大。他怕老师按照自己的认知教,学生按照自己的感觉学。老师教老师的,学生唱学生的,结果往往是教和不教一个样。

我们没有压力。唱歌有什么难的呢?就像说话一样,按照节奏吐字,反复几遍,还能拿不下一首歌曲?更何况是红歌,势大声洪,再拿出点激情和霸悍就完美了。无知所以无畏。几天过后,我们就领教到了合唱的难度。我们不懂得钢琴伴奏和音乐伴奏对演唱要求的区别,也不明白多声部混唱如何合声,并且大多是外行,不识简谱、不懂乐理,对音色和音调的把握完全凭借自己的认知和个人领悟,演唱水平难免参差不齐,声部合音就更加艰难。从练声到口型,再到发音、表情,姬老师一个动作一个动作地示范,一个字一个字地细抠。我们才知道唱歌是要善用气的,发声是有很多技巧的。

合唱不是一味卖命地叫喊,不是越响亮越好,要唱得很讲究、很细、很有韵味,注意虚实、收放,这样才有对比、有映照、有起伏,才能唱出味道、唱出感情、唱出水平。我们才知道自己唱了这么多年的歌,原来根本不会唱歌。面临困境,我们这些业余水平的学生往往容易失去信心和耐心。姬老师又是鼓励又是表扬,说能做到这一步已经很了不起了。当我们稍有进步，容易懈怠和满足时，姬老师又说业余学生的最大问题就是只进步一点点就得意得不行，后面的还没学会，前面的已经忘光了。

一个多月的时间，我们就这样颠来倒去一个字、一句词、一个章节地过，一遍一遍地唱。枯燥、无聊，反反复复。一位同事说，他要是姬老师的家人，肯定不让他接这个活儿，太累了。不知道姬老师厌烦过没有，是被任务催赶着，还是真的有如此的激情和专注？比赛前一分钟，姬老师手持风琴，依然在演播厅外带我们练声，调整我们的状态。他说，胜败不要挂在心上，只要唱出我们的水平就好。我相信每一个参赛单位的指挥都很认真、很敬业，他们的理论不可谓不高、演唱技术不可谓不精，但就是差了一点点什么。这缺了一点点，就绝对不行。指挥家的气质和风范，是反复雕琢、内化出来的，学是学不来的。

表演完毕，或许因为紧张，或许因为终于卸下了包袱，唱得怎么样，我茫然不知。在台上是什么感觉都忘了，只听见自己的心跳和压住的气息。唱词和动作是凭着惯性和高度集中的感觉来的。我想大家也和我一样，尤其女同志，更想要拿下这场比赛。回想排练这一段过得像打仗的日子：卡着点接送孩子、收拾家务，晚上回到家将近十点，还要拖着疲惫的身子给孩子辅导作业。她们终于可以长长舒一口气了。散漫惯了的男同志，抑制不住兴奋。终于不用整天捆绑在练歌厅，他们迫不及待地在夜市摊摊吃几块烤肉，喝几口小酒，既是庆贺，又为过瘾。

我们的合唱能拿上好名次，和姬老师的台风是分不开的。他平时不讲究，但往台上一站，燕尾服配领结，大波浪卷发，灯光聚焦在他身上，马上就像换了一个人。用他自己的话说就是"实在抗硬"。姬老师就是为了指挥而生的，音乐一响，他的手臂就活了，时而缓缓地抖，时而猛地推出去，牙关紧咬，再狠命地、一颤一颤地，好像要伏地又像要冲出去，却又收回来。他的波浪卷也配合得恰当：低头，微微地、徐徐地，一波一波地抖；抬头，那波浪又激情汹涌地收作一处。用指上松涛、鼙鼓激荡形容这种效果是再合适不过了。音乐一停，台下掌声雷动，久久不绝。

我是第三次参加姬老师的合唱排练。这一次，对合唱有了新的认识，也对姬老师特别佩服。

老师

　　就像写母亲、写成长一样，老师是一个被一代代人写过仍将被一代代人继续写下去的题目。

　　只要是读过些书，哪怕是一个学年、一个学期、一个星期，就会有老师的故事。况且，写老师的，都是读过很多年书的。我也不例外。

　　我的小学是五年制，教我们数学的是吴老师，语文是蔡老师，都是男老师。他们都四十多岁了，都是代教。那时候，他们排座位是按大小个子，写错了字做错了题也从不叫家长。表扬学生就是因为学生真的表现好，批评学生确实因为他实在捣蛋。

　　由于教龄较长，且学生都是一个村子的，和家长特别熟悉，好多家长还是他们的学生，他们就特别有耐心。当然，体罚肯定是有的，也是必要的，最狠的是"酸汤面"和"架脖子"。酸汤面是食指和中指捏紧，在脑门上敲，很疼，禁不住得就要掉眼泪，这是吴老师拿手的。架脖子则是蔡老师的。他把学生全部提溜在讲台上，拿一根软红柳棍子在脊背上抽打。细细的、麻麻的、酸酸的，抽筋剥骨地疼。当然，家长也不因为体罚找老师的麻烦。

我吃过酸汤面。数学两位数的计算，我没有听懂，做作业对不齐十位数和个位数，又为了节省纸张，写得细小、密密麻麻。吴老师不高兴了，说我全做错了，书写得又不认真，如果以后还这样，作业就写两遍。由于羞臊，我哭了。回到家，我把错题给哥哥看，让他教我。奇怪的是，在课堂上怎么也听不懂的题，哥哥一讲，我豁然开朗。晚上，在油灯下，我把错了的题重新写了一遍。第二天，老师说我不是不会做，而是不认真。自此，我写作业越发小心，生怕再吃酸汤面。疼痛是小，当着全班同学挨打，才是没面子的大事。蔡老师没有打过我。我的记忆力好，写字又快，写生字和背书我都能很好地完成，所以课堂上他经常表扬我，还说我的作文也写得好。在蔡老师的课上，我什么都是好的。我越发得了意，更加努力写好字，背好书，也就得到了更多的表扬。我要感谢蔡老师，是他让我有了最初的学习积极性，尽管那时候读书的目的很不明确，那一次一次的表扬，却奠定了我喜欢并且坚持读书的习惯。

初中的老师换了很多。初一的语文老师，个子高、帅，课讲得又生动。我们都叫他"大百科"。他说的好多知识，都是课本上没有的，我对他很崇拜，觉得他很了不起。他也是我们的班主任。管理学生，他可真有办法。他不体罚学生，写错了字要交钱，犯了错也要交钱。写错一个字罚一角，犯错误要根据程度定罚款数额，罚来的钱充当班费。那时候我们的零用钱都是一分一分省着花，不免有人说他太苛刻，说罚钱不如挨打，挨打疼一阵子就过去了，罚钱还要撒谎，软磨硬泡骗家长。初二后半年，他进修走了。我们很留恋，很失落，有的女生还哭了。记得他临走时，我们一起在天主教堂的花栏前照了很多相，那是我第一次照彩色照片。

替换他的是王老师，鬈发、弓背，一副落拓的样子。他是科班师范生，我怎么看都不像。他缺少激情，上课老拿着《教材全解》念段落大意和中心思想。他还写诗，老师们说他的诗写得相当不错。我却怀疑老师们对诗的审美标准有问题。他偶尔也兴奋，侃侃而谈，大都和课本无关，针砭时弊，好像伤痕青年。他对学生宽容，上课可以看武侠小说，可以做作业，可以睡觉。他自己手里就老拿着小说，上自习课看，走路也看。头一直低着，眼睛盯着书，却丝毫不影响走路，好像他的腿上也长了眼睛。我那时住校，礼拜六回到家，礼拜天下午到校。学校的饭顿顿是黄米熬酸菜，这不打紧，最惨的是，间或挑起一筷子菜，上面浮着一只圆鼓鼓肉嘟嘟的海底虫。它们早被煮熟了，尸体却霸气而又凌厉地挑战着我们的食欲。所以，礼拜天临走的那一顿饭，吃得总是有点撑，有点胀。有一次，我一到校就胀得不能上晚自习了。他匆匆过来，问了我原因，叫舍友给我买了保和丸。那个晚上，他陪我在宿舍拉了一节课的话。他说："你看历史书不？"我说："不看，主要是没有书可看。"他说："没关系，现在电视普及了，你多看看里面的负面人物，学学人家是怎么做坏事，算计人的。你脾性太过直硬，将来怕要吃大亏。"那一次后，我对他的印象大为改观。他一样是有着一副热肠的，也一样是有着父母般的恩慈的。我至今对他的话记忆犹新。看起来他和我们很疏离，原来，他早已将我们看进心里了。而一个人骨子里的性情岂是能学来的，又岂是能轻易改变的？人近中年，越来越觉得，一个人终其一生，需要解决的事情，无非就是处理好你和周围几个人的关系，他们是你的亲人、家人、朋友、领导。他们也是你的世界，你的全部。你和他们的关系融洽了，你的生活也就和谐了。一个人要有怎么样的经历，要有多么高的智慧，才能完美地应付得了你周围的那几个人，又要有怎样的幸运，才能得到那几个人的理解和宽容。每每在难关前举棋不定时，我总会想起王老师的一席话。

另一位是数学老师，师专毕业，意气风发。我惊异于他有超强的记忆力。他上课从来不看课本，哪一页哪一行哪一道题，他倒背如流。在课间，他还给我们讲一讲和数学课没有关联的历史、地理。我暗自对他敬畏，这真是传说中的奇人啊。要是把他的记忆力分给我十分之一，该多好呀，那我就可以免去天天背书的苦。后来，听说他娶了一位漂亮姑娘，对她百般地好。一代才子，也就消磨在柴米油盐鸡零狗碎的生活里了。

中专时候的班主任是朱老师，很年轻，年龄和我们差不多，我们却喜欢叫他老朱，他亦欣然应答。他架一副眼镜，着黑风衣，看起来很斯文。他勾着头疾走，对我们随口说着"哈毛、哈毛"，这与他戴眼镜的斯文形象大相径庭。男生睡懒觉，他直接将被子揭起扔在楼道，然后罚他们沿着操场跑步。他如此粗犷，正投了我们十八九岁的脾性，亦使他和我们贴近。四年下来，我们已然称兄道弟。

还有一位学究式的会计老师，姓惠，深度近视，说话慢条斯理，好像乾坤尽在胸中。我只记得他每天必会重复：资产等于负债加所有者权益。这门课，我做笔记最认真，生怕辜负了他的深度近视眼镜。

印象最深的一位是政治经济学老师，姓沈。他也有过目不忘的超强记忆力，知识更是渊博，又偏爱哲学，我认为他就是尼采或者叔本华。他为人温和，一点也不傲气。他有精神上的疾病，一学期下来，没见他换洗过衣服。他上课不讲课本内容，多讲古今中外的奇才。有时候，他讲着讲着，竟兀自大笑起来。由于不修边幅，他的笑看上去滑稽又沧桑。因为他是米脂人，我们都叫他沈米脂。我一直在想，如果他不是身患疾病，或许真的可以是一位大学问家。据说，他是因为太有个性才得病的。我们毕业后不久，他就因病去世了。

老师，是我们成长道路上离不开、见不得的人。老师可以影响人，也会彻底毁掉人。和很多"差生"聊天，说起了某某老师当年对他们的刁难。他们心中的老师，总有百般不是，像是给他们留下了一生的烙印，好似刻在心上的。我大为惊讶，没想到一个班读书，共度几年光阴，对老师的印象竟然有如此大的差异。或许因为我那时候学习还算过得去，没有因为成绩或者是调皮捣蛋被老师苦盯的遭遇，学校的回忆也总是美好的，记忆里的老师都是阳光的。

其实，千错万错也是教育制度的错。今天，现状依然没有改观，似乎更加凸显。教育的不公平，优质教育资源的稀缺，依然在残酷地淘汰着"差生""捣蛋生"。即使是那些成绩特别突出、更适合进入名校学习的学生，由于经济条件不好，名校昂贵的借读费成了最大的障碍，他们也只能望校兴叹。教育依然没有体现以人为本。而在这物欲横流的现实里，老师很难做，德才皆备的老师更难做。

如果不以成绩决定学生的未来，不作为考量老师的标准，老师或许真的可以做到因材施教，学校也能够做到素质教育，老师和学生也就不再是猫逮老鼠式的关系了。

这或许是给老师的最大献礼。那一天真的有可能来到吗？

同学L

女儿拿来一道几何题让我解，翻过来倒过去，看着熟悉，就是不知道从哪里找突破口。像认识的人，看着面熟，热络地说了一阵子话，却不知道叫什么名字。或许是老了的缘故，这样的事经常发生。

女儿说："不会就不会，装什么大神。"我说："不会，问你们老师去。"女儿走开了，一些关于做题的回忆却是清晰地浮现在眼前。时光如箭，女儿和我自己读初中的时光好像就隔了一天，好像我自己的初中时光就是在昨天。想起自己的初中，想起初中的一些人、一些事，不禁笑了，就把感叹时光快到令人猝不及防的恐惧打散了。

我们班有一个走路风风火火的男生，学习认真、刻苦，好像对书本有着至深的热爱。听他的舍友说，晚上熄灯后，他经常点着蜡烛研究数学题。说着这些话，他们便笑，笑得很诡。我不知道他们的笑是什么意思，一个人学习用功，有必要笑吗？

我相信他用功是真的，后来在课堂上是有印证的。一次，老师正在黑板上演示一道几何题，题型有点难，有点复杂，要做几条辅助线，搭两个公式，才能解出来。老师强调说，这是升学考试经常考的，要我们一定记住了，记熟了。老师苦口婆心，好像我们每天做题也就是为了考试。是的，在我们的心里，学习的唯一目的就是应付改变我们命运的考试。因为慎重和卖力，老师头上有了汗珠，问："你们听懂了吗？"我们有的说听懂了，有的不言语。老师说："只要有一个不会，这道题必须再讲一遍。"正当他要开口再讲一遍时，L说："老师，你讲得太复杂了，我研究出了一个公式，可以大大简化解题的步骤。"老师尴尬而异样地看着他。他不胆怯、不忌惮，径直离开了座位，来到讲台上，摊开密密麻麻的本子，给老师演示他说的是真实的、是肯定的、是不容辩驳的。随即，不等老师说什么，他开始讲了，不像师生，倒像同学或朋友讨论，他给老师陈述他研究出的公式以及在老师刚才讲的题里怎么样应用。老师想了一会儿说："L，你这个公式靠不住，它只代表了一种特殊情况，比如这道题这么一变，你的公式就靠不住了。你自己看看，我说的是不是有道理？"L仔细地在本子上画过来画过去，老师微笑地看着他。忽然，他一抽身离开了讲台，边回座位边说："我今天晚上再研究。"我们哄堂大笑，老师也笑。

　　我们和老师都对他这种行为习惯了。他是我们紧张的初三课堂生活的调味剂。

他这种表现最早是在物理课上。教我们的是一位刚从师范学校毕业的女老师。穿着看起来很随意，头发松散着，却很有文艺气质，很有范儿。讲课时带着微笑，声音尖尖的、亮亮的，又透着一点不明显的沙哑，特别悦耳、特别迷人。她喜欢和我们女生玩儿，渐渐地我们就和她没有了师生的隔膜。她讲到惯性，让我们自己做实验，实验的用具是钢笔笔帽和一张纸条。我们那时候写字都用钢笔，不像今天的学生，用各种各样的笔写字，就是不用钢笔。她要求我们把钢笔笔帽拔下来，端立在一张小纸条上面，轻轻地拉纸条，笔帽因为惯性依然是不动的、保持站立的。我们依照老师的要领试了，果然是这样。我们都很新奇、很兴奋。正相互热烈地演示，L高声说："老师，老师，你说得不对，牛顿的定理有问题，我的笔帽随着纸条动了。"我们齐刷刷把头转过去，老师红着脸，停了几秒钟，不知所措的样子。他又演示了一遍，真的，他的笔帽就是跟着纸条动了。大家屏息静气，都在看老师和L。老师走过去，重新把他的笔帽立在纸条上，轻轻一拉，笔帽站得稳稳的。老师又演示了一遍，依然站得稳稳的。老师让他拉，笔帽哗啦一声，倒了。我们都笑了，老师也笑了。老师说："L，不能太用劲。"我们笑得更大声了，L红了脸，不作声了。

于此，他时不时说研究出来什么问题，我们只觉得有趣。

后来，他考上了师范，当了老师。中途我们也见过几次,他走路依然风风火火,说起话来,沉稳了很多,也成熟了很多。我们说起各自的家庭、各自的生活,他过得也不怎么如意。我原本以为,他这么勤苦钻研,如果继续读书或者搞研究,指不定真的就能搞出什么。他说读完中专就回来了,家庭还要他照顾呢。

从一些小道消息得知,他喜欢推翻别人的习性还没彻底改掉。不是和老师,而是和同事、和领导,后果当然可想而知。他被调离了几次,我听说后,不禁唏嘘。人和人之间,小心翼翼地相处,不知不觉间便得罪了,怎么敢明目张胆地对抗呢?尤其是领导。感叹之余,我又对他生出一些敬意。没有任何背景和立世资本,依着自己内心的标准而不是利益的权衡,依着自己认知里的公正、自由,而不是功利的后果,他畅快淋漓地闹腾过,天翻地覆地反抗过,他活出了自己,活出了尊严,活出了至性至情。

这样的人,真是不多了。

追根溯源,他还是被老师惯的。脾性好的老师宽容你、原谅你,并不是所有的老师都能包容你,社会上的人更不会包容你、原谅你。我想,如果换了现在的某些老师,说不定他就是一个"问题学生"。这么说,好像又把责任推到了老师那里,老师真是不好当。有一次,我初三的班主任问我:"你现在肯定不错?"我说:"错得大了,都是你上学时候教我们做人要一是一,二是二,不能拐弯抹角。我有时候也想做点什么，却感到不能做，不应该做。"老师笑了，我也笑了，很是惭愧。

　　好长时间，我想知道 L 去了哪里。几年前倒是在教育局门口见过他，他又被调离了。他给我看他的调令。他很愤慨，说就是有些人看不惯他。他还说要紧着办一些手续，不能多说了，说罢，匆匆走了。他依然风风火火，我却再也看不到当年的趣味来。

　　从此，我再也没有了他的消息。

　　我知道写一个人，会涉及一个人的诸多事情。上次写了陈老师，有几位朋友说："你把我们也写写。"陈老师离得远，写得不好他当面骂不着我，我就心安、踏实，没有后顾之忧。而且写人，要不熟不生才刚刚好，太生了不知道写什么，太熟悉了又会因为知道得多了而写不好。

　　不过，写 L 的想法已有好长时间了，在教育局门口那次见到后，就有写他的冲动，不知道他看到了会不会不高兴，会不会骂我。即使他骂我，我也不怕，估计我一时半会儿见不到他。打电话，我更不怕，我们彼此不留电话。况且，自从被熟悉的人用陌生的电话骂过几次后，我根本不接陌生的电话。微信骂，更不可能，我没有他的微信。

高兴

　　我的朋友圈里一直有一个喜庆的名字——高兴,这是我为一个小老乡起的。她一直笑,笑声清亮,一脸灿烂,好像总是有什么好事。二十多年前在单位宿舍里的第一次见面,她这一脸灿烂的笑就从没有在我的脑海里消失过。我们是老乡,一见就亲热。那时候没有互联网、没有手机、没有微信,多少个夜晚,我们在灯下漫无边际地说话,有时候说到了晚上十二点,究竟说了什么,现在也不记得了。

　　我们一起逛街、买衣服。她比我小,选择的款式和颜色都非常个性、时尚。她一直鼓动我穿裙子,说穿裙子有女人味。就这一句女人味,痒得我买了很多条裙子,却都在衣柜里挂着。穿裙子要坐有坐相,站有站姿,而我性格大大咧咧,特别是短裙,走路、骑车都很不方便,以至于我的裙子一直在衣柜里受冷落。

　　她是独生女,活泼、阳光,为人处世很直接,和她在一起,很放松。有时候,她一脸茫然,有着很深的惆怅,好像有什么大的事情过不去，其实什么事情也没有。她很自我很固执地沉溺在自己的忧伤里，说着一些和生活很远的忧愁。她不写诗，也不追求个性，在我眼里，却又十分隐秘、十分文艺。

那年中秋，全单位的人都放假了，只有她留下来和我加班。我是因为自己的本职不得已，她是看在友情的面上。窗外秋风瑟瑟，树叶飘零，麻雀跳跃。我把电脑的音量放到最大，表达我对加班的不满。她笑着说，办公楼都被我震塌了。这么多年来，我一直记得她的这份好、这份热情。她可以不帮我，说忙，说要陪父母，说有迫不得已的事，推辞是完全可以的，她却没有。什么是美好？帮过别人，不会因此挂在嘴上，时不时地提醒你，要你记住她的好，更没有在帮你的时候在心中来回权衡，或者暗示你要记得回报。

她给我的好，就像天天上班路边上的那些槐树花，远远就能闻到香气，这些槐花看着花朵细小，味却浓浓的，暗香扑鼻。

相识二十多年来，她应该是时间这个沙漏给我留下的三两至交。这些感动放在心里，越积越浓，有时候很想写一写，又害怕因为失去的太多，所以留下来的每一个都很谨慎。

人在世上行走，难免受伤害，留下太多不能提及的伤痕，隐隐作痛的时候，我会问她："你说我是不是一个很自私、很自我、毛病很多的人？"她每次都说："咱们就是太直了,一直检讨自己没有用,咱唯一要检讨的,就是为什么不拿出一点别人的那种硬气?"

硬气,是由一个人的精神强度决定的。我们都是在风硬水土也硬的地方长大,但我却怎么也做不到那一点点硬,话说得不硬,事做得也不硬,好像是自己负了亏了一样。她说:"为什么不拿出一点堆子梁女子的悍气来?"我就想笑。我一直记得她这句话,却怎么也学不来。其实,她也不硬。可能一两句话,刚刚说到很关键的时候,正好点到,即刻就止,就显得硬。她的心却十分地温厚、善良,对很多常人费解的人和事,她都能报以当事人般的理解与包容。这一点,我很服她,又很惜她。但凡这样的人,都是善解人意、温良与慈悲,又容易共情的,什么事都能被缠绊住,怎么能狠得起来呢?

她也常和我说起心事,叫我才女,说我一定知道得多。其实,我比她更迷茫,我知道什么呢?我还不如她明白。我不过是把不明白的、想不通的暂时放过去,就像没有一样,等时间来慢慢缓释。

她爱笑,不知谁说过,爱笑的人,运气总不会太差,她又有那么好听的名字:高燕子。我希望那么多的烦恼、伤害、困苦,都会在风中被渐渐吹散,只留下好的、温暖的回忆。她阳光、开朗,我为她高兴,也希望她天天高兴。

老童

老童爱笑，老远看见你，就笑得欢，露出一排整齐的烤瓷牙。老童的肤色好、皱纹少、牙又好看，比同龄人看起来年轻很多。大家都羡慕，说老童越活越年轻，老童就越笑得灿烂。

最近老是想起老童，抬头低头洗菜刷锅，走路逛街，老童的笑老在眼前晃。或许是因为这件每天买菜穿的羽绒服吧，它长过膝盖，藏蓝色，老牌波司登，花了我一个半月工资。我当时舍不得买，跑到店里看了几次，试穿了很多回，犹豫不定。老童硬是做了我的思想工作，最后狠了狠心、咬了咬牙买了。款式、颜色和老童的一模一样。老童说，蓝色是经典色，二十几岁的女孩子穿得了，七十岁的老太太也穿得了。老童的话极具鼓动性又贴心贴肺，这么贵的衣服，当然要好看，还要经久不过时。

老童天天和我腻在一起。我们俩是一个工作组，发盐、发困难补助、收卫生费、催育龄妇女体检……杂七杂八，零零碎碎，只要是社区的工作都做。不是老童做了年轻人的事，就是我做了老太太的事。社区工作常常琐碎、繁杂，少有礼拜天和节假日，真可谓呼之即来挥之即去。即使休息，老童也要和我打电话，直聊到手机发热，家人撇嘴斜眼。我问老童："咱俩年龄相差这么多，你咋会喜欢我？"老童说："你心直、实诚、义气、不藏事，你是好人。"

我感激老童。她经常说，你年轻轻的，又那么有才情，不要窝在这个地方，也谋个官当当。你要是当官，比那谁谁强多了。在那个单位，老童是少有的夸我有才情的人。她觉得有才情就应该当官。她经常拉起我的手，看过来看过去，说："我看你将来能当官，谷子，你当了官可不要把我忘了。"我就笑，我说忘不了，我当了官，先把那个谁撸了，再把你放上去。我们都笑。那个谁是我们俩心里共同反感的领导。和老童在一起我很放心，不害怕说的话会被七拐八拐送到领导那里；共同议论过哪个，也不担心会传到那个人的耳朵里。

老童有一儿一女，都在银川工作。老伴儿也在银川，他们两地分居。她很少说起老伴儿，倒是把她喂养的一条大黑狼狗天天挂在嘴边。这条狗金贵得很，顿顿吃肉、吃腊肠，天冷了，还能大摇大摆地睡在家里的地板上。老童说，狗有时候比人懂事，比人重情义。

老童漂亮、时尚、开朗，每天收拾得利利索索。丈夫不在身边，示好的男人一波接一波，老童不为所动。也有领导动用权术，软硬兼施，老童义正词严。好多女人以得到领导偏爱为荣，不仅牛气，更能获得看得见的实惠。时不时地，一些花边消息就在同事间传播着，大家当作调节枯燥工作的兴奋剂。老童年轻时一身清白，老了静若止水。我们都是工作了很多年，从来没得过优秀的人。都是见了领导不但不主动上前打招呼还绕着走的，直端端绕不过去，也像木头杆子杵在那里。说好听点，是清高；说实际点，就是死狗扶不上墙。我们是一辈子也扶不上去的死狗，也不打算扶上去。

老童比我厉害。老童不巴结，也不受气。有一次，一位领导有意找我们俩的碴儿，说我们没有大局观念，不团结，自由主义。这种话我听得多了，耳朵有了抵抗力，没在乎。他说这句话的动机，是前几天我们反对了他得意的人。他又说了更难听的，说再不听话，就把你们交到人社局。这句话当然是冲着我的，因为我是被交到过一次人社局的。这个比指甲盖儿大不了多少的官，喜欢拿自己手里的那点儿权说事。有一次，他对一位男同志说了一些张狂的话，这位男同志没给他面子，随即把他的祖宗八辈在嘴上问候了一遍。他气得脸色发紫，青筋暴起，后来两个人却好得如亲兄弟一般。听说，他私下给那个男同志赔礼道歉，还请了一顿客。我当然没有人家那般悍气，但我能忍。老童却不高兴了，说拿人家伤疤说事，不是男人的本事，更不是领导的本事。老童那天的仗义执言，我至今感激。

和老童搭档了不长时间，她就退休了。她在银川有房子，她说打算在银川养老。随后，我也调离了。分别十几年了，再也没见过老童，也没有老童的音讯。过去的人事，我差不多都忘了，却不时地想起老童。或许，人与人就是这样，有的人出现在你的生命里，是恶缘，让你难受得忘不了；有的人又是善缘，让你一辈子心有余香，历久弥新。不知道老童现在过得怎么样了，大概不错的，好人一生平安嘛。

土生土长

人书不老俱已老

　　见到陈庆亮老师前,老公说他是书法家,我不以为然。我一向对"家"有警惕,特别是与艺术有关的人,即使不是"家",也自命不凡,天下他第一,谁都瞧不上眼。

　　老公说他人很好。老公善于夸人,喜欢按自己对某个人欣赏的特点而夸,夸某人诚实、夸某人多才、夸某人仗义、夸某人会做人、夸某人精于交际,却很少听他夸某人好。在他的眼里,好人不仅是某方面好,更重要的是性情好、人品好,而夸陈老师,他用的是"很好"。

　　带着好奇,我贸然地参与了老公和陈老师的饭局。

　　果然,陈老师没有那些小家子气,他爽利、干脆。第一眼看,感觉就出奇地好。年轻的容颜上呈现出了人书俱老的气象和格调,他有不符合他年龄的平静和沉稳,这种气质,很打动人,是书法之外的东西,也是书法之内的东西。一定是长期看书帖,把人和心看静了,把精神的格局和厚度看出来了。

他不言语、不发声，静坐一隅，随和、随意，却有逼人的凛然和硬气压着全场。

看他写字，很叹服，也很享受。很多写字的人，手被笔控制了，写得很卖力、很用劲，字却是死的。人和字都在叹息，好似人被笔驾驭着，永远达不到人和字交集的悸动。而毛笔在陈老师的手里，随心随意，点墨轻巧。这些字，是字，又是他的心。我不懂书法，也不会看书法，却能在他的一笔一画间看到舒服与惬意，看到一笔一势的飞动与流畅，看到人与字互相欣赏的愉悦。毛笔在他的手里是臣服的、是温顺的。我就很好奇，那么软乎的笔怎么可以写出那么硬朗的字呢？

他示范得也勤，技法和要领、心得和体会，讲得耐心，讲得用心。很多鹤发老者在他的指点下，茅塞顿开又唏嘘慨叹，说和陈老师相遇太迟了，说那么用心地练了一辈子，却是一直在白白消耗着时间，方法和方向不对，误入歧途太深，纠正起来太难了。

他懂得这种慨叹，怜惜这种慨叹，更尊重这种仰慕。他为每位学员都做了示范，留了墨宝，这实在是难得的。惜字如金，求则拒绝，是很多老师的做法，也是很多"家"的做法。陈老师不。他大方，不计较，不居高临下地拒绝，不寒气逼人地推却，只要你要，他都会客气地给你写。

都说陈老师人好，好得人要字时都感觉到自己太贪了。好,有时候就是这样,让你觉得有机可乘,让你觉得做什么都很轻巧、很容易。不懂得节制,往往会在这种好之中得寸进尺。

也是这个好,很容易把他与旁人区分开来。

陈老师给我两个印象,一是字写得有气势,一是性子温和。看起来两种很难融合的性情,在他身上融合得很自然,其实这是一种力量以另外一种形式的呈现。把力量含在温润里,把气捺在纸上,笔笔都是气韵,笔笔又都圆润。不到一定境界,可以放得开,却难以收得拢、藏得住。无论是写字还是做人,莫不如此。

喜欢写字的人,性情里都有执着的、真挚的、个性的东西。这种精神特质如影随形,紧紧地将一生包围。正是源于对书法的偏爱,他把所有的时间和精力都交给了笔墨。春夏秋冬,日复一日,无不在重复着相同的内容。于内心和人生的丰厚而言,这无疑是难能可贵的;于立世而言,这又需要有多么大的定力,才能抵得住滚滚阔绿千红和世间所有不解的目光。

好在他的书法得到了承认,得到了肯定。书法给了他至高无上的乐趣和内心的丰盈,也给了他外在的荣誉和物质的保证。艺术,在生活之外;艺术,却又终究逃不出生活。

听他唱歌,就有了嫉妒。如果说书法是上天赋予他无与伦比的特长和悟性,那么,他又怎能把歌唱得那么准确、那么到位、那么清亮、那么深情？他一发声，就将你牢牢揪紧，你的情绪跟着他的声音一起一伏，你的心思跟着他的音量一波一荡。你怀疑这一声声气韵绵长的抒情，依然和写字互相牵缠，仿佛是腹腔的气韵表现在了音色上，是墨色的节奏化为声音的韵律。不然，他的歌怎就能一粼一粼地将人心撞碎、再吸住？

一身才气加上丰厚的生活积淀，又清瘦、朗健，如果书法再写得绝好，这个人会是什么样子？你看陈庆亮就知道了。

自古流行一种说法，说男人的魅力在于金钱和权势。见到陈庆亮老师，我觉得不一定，有一种男人，以气度和才情征服世界。

在他教课的几天里，我写了两次字。其实意不在写字，虽然他教的是书法，我收获的却是做人的道理。

一位评论家说，今人写不了古人，小人物写不了大人物，因为一大一小，不在一个线上。而我却又太想写陈老师了，我知道我写得不好，写得不到位，却还是斗胆写了。如果陈老师和书道的朋友看到了，千万不要见怪。

土生土长

父亲和他的烟锅

　　一身蓝色的中山装,一顶蓝色的帽子,两个口袋里鼓鼓囊囊的:一个装着旱烟袋,一个装着烟锅和打火机。无论是田间犁地、薅草,场院里拾掇,还是冬天的炕头,只要有父亲在,就有烟锅,就有烟锅里慢腾腾的一缕一缕的烟雾。

　　这是父亲的习惯。旱烟与烟锅,就像犁耙、铁锹、锄头,就像那些频繁使用的农具,是父亲不能缺少的生活用品。

　　特别是庄稼长势最旺的时候,父亲每天都会坐在地头观望。好像那些禾苗拔节、生长,他真的能看见一样。他要么坐着,要么圪蹴着,慢慢地从口袋里掏出烟袋,然后把烟锅伸向烟袋,在里边挖一阵子,掏出满满一锅烟末,摁了又摁,压了又压,然后打着打火机,把烟锅凑到打火机上点燃,一只手扶着烟锅,吧嗒吧嗒,慢悠悠地吸。有时候,狠狠吸上几口就停下来,再不吸一口,等到烟锅快熄灭了,又猛然吸几口。眼睛瞅着庄稼苗,嘴里含着烟锅,是父亲最为陶醉的姿势。

也有那么一些时候，父亲低着头，蹲在那里，烟锅吸得紧，烟雾也冒得紧。庄稼收成不好的时候，粮价跌了的时候，羊羔长得不欢实的时候，看一看紧密而迅疾的烟雾，就好像看到和知道父亲的眉眼和心情。

父亲好像没有什么爱好，不会喝酒，不会打麻将，也不和人三五成群说说笑笑去往闹腾腾的集市。唯一形影不离的，就是烟锅。高兴了，抽烟；不高兴了，还是抽烟。所有的喜怒哀愁，都在烟锅里，在腾起的烟雾里。

烟锅于父亲，又有了和农具不一样的意义。

小时候，我经常好奇地问父亲："你的烟呛不呛？"父亲说："不呛，很甜。"怀着对烟的极大的奢望——不，应该是对甜的奢望，趁着父亲午睡，我偷偷拿起旱烟锅，学着父亲的样子点燃，才吸了一口，就被浓烈辣猛的一股呛味袭击了。我不明白，父亲怎么能把烟的味道当作糖的味道，吸出甜的滋味呢？

母亲有气管炎，因为抽烟，没少和父亲争吵。她多次偷偷地把父亲在庄稼地畔精心伺候的烟苗拔了，父亲则会买回来更多的烟籽儿，在更多更隐秘的地方种上。母亲又会把那些旱烟丝送人，但是像永远送不完似的，父亲总会变戏法儿，有源源不断的旱烟丝。

儿女买回来香烟，劝父亲放弃烟锅和旱烟。父亲说，不要花那份冤枉钱，那些金贵的纸烟，未必有他的旱烟好。有时候，拗不过孙子，终于点了一支，抽到半截扔了，说，轻飘得很，没劲儿，头痛。习惯了旱烟的味道，习惯了烟锅，父亲坚决地拒绝香烟。

我问暗夜躲在院子里抽烟的父亲："有那么大的瘾吗？"父亲笑了："不抽睡不着。"母亲总埋怨父亲这辈子没什么大成就，没什么大功劳，最大的毛病就是抽旱烟。我却敬重起父亲来，他没特别的技艺，除了种庄稼，也没有做出任何惊天动地感人肺腑的大事情，却对旱烟和烟锅有着不可违拗的执着和坚持。或许也只有他的烟锅知道他的坚持、钟爱和习以为常，始终如一地给他报以特别的滋味和享受。

我给父亲买了个铜烟锅，我说，铜的结实，能用一辈子。父亲接过去，试了试，露出喜悦的笑容，说，是能用一辈子，这下还得可劲儿抽旱烟。

有时候，我很愿意看父亲抽烟。在他放羊的时候，在他蹲在地里薅草的时候，在他坐在地垄上看着庄稼的时候，他的烟锅和烟雾，和蓝的明亮的天、白的闲卧的云，以及绿的油旺旺的庄稼，组成了一首田园诗，营造了古典恬淡的氛围和美意。

上一次回家，在夕阳中，我老远就看见了穿着蓝中山装、戴着蓝帽子的父亲，不是一个，而是几个人，围在一起，都抽着旱烟。他们在田间，边闲谝边抽烟。不到近前，我都分不清哪一个是我的父亲。他们坐在那里，一个是那个样子，几个还是那个样子。我忽然有些难受，是不是天底下所有和父亲一样的农民，都是一个样子？

他们和他们的烟锅一样，都将成为最后的农民，最古意的农民，也将是最后的叼着烟锅坐在庄稼地里的父亲们。

再过若干年，问起我们的儿女，他们的记忆里会有对烟锅和旱烟，会有对土地、对耙犁执着和坚守的父亲吗？

我妈种地

"如果老天照应,我的玉米能打两万多斤,刨过杂沓,净捞一万多。"

我妈电话里夸她新开的一块地的收成,语气中洋溢着满满的兴奋和喜悦。虽然玉米还是一片油青,我妈已经从苗秆茂盛的长势预测到了丰收的成果。我妈这么大胆的预测,完全凭的是她多年来和土地打交道的经验。

我问:"我爸给你帮忙没?"我妈说:"没有,我就靠自己,你爸撒了半天化肥,差点把我的驴给药死了,功劳不够赎罪。不想干就不指望了。"

我说:"你何苦呢?给别人承包出去不是很轻省吗?干吗把自己搞得那么累?"

我妈用很文艺很流行的话说,生命不息,奋斗不止。这是她经常和儿女说话的语调,时不时地,她从电视上听一句,就适时地整出些很文艺的调侃的话来。

我妈今年七十多了,应该享受养花种草、颐养天年的幸福时光。可我妈不。我妈觉得她还利索着呢，还能干动呢，就不应该歇着。我妈理解的幸福就是靠自己吃饭，靠自己穿衣，不给儿女添麻烦。事实上，我妈有老寒腿，十几年前，右腿已经不能直立走路，不能随意弯曲，更不能受凉。她手里一直拿着一块棉花垫子，劳动都是坐在垫子上。我妈种地，全家人反对，尤其是我爸。我妈坐在地上，辅助的事情要我爸帮着完成。我爸不情愿。我爸和我妈到老了，越发意见不合，一个要这样，一个偏偏要那样。但是，两个人的性格又把对方的任性恰当地弥补了，把最看不惯对方的地方又折中了。比如，我爸不喜欢逛集市，我妈却喜欢热闹，逢集早早就骑着电动车出门了，车斗子里捎带着自己菜地里吃不完的蔬菜。这些蔬菜可以从集市上换回柴米油盐和日常零碎，也是我妈赶集的由头。这样，我爸和我妈不仅在角色上做了互换，在生产上也必须互相合作。我妈腿脚不利落，适合做一些粗放型的指挥性的工作，哪一块地种西瓜，哪一块地种洋芋，由我妈决定；细致的、具体的、弥补性的细活，例如平地、浇水、薅草都是我爸慢慢做。尽管有时候双方都不情愿，都觉得对方不尽心尽力，自己却又没有更好的办法。

　　我爸尤其认为自己委屈，认为自己吃亏，认为我妈一直做的是动动嘴的清闲活，累活苦活都是他在熬。特别是听到集市上人家夸我妈的玉米口感好，夸我妈的瓜甜，夸我妈的

土生土长

菜新鲜，我爸就受不了，认为我妈抢了他的功。可他又不愿意做这些零碎买卖，受不了讨价还价挑挑拣拣的麻烦。他卖粮食经常被商贩捉弄，好东西卖了低价钱。我爸恼火，说种得够自己吃就行了，日子明明过得下去，为什么要把自己累死累活种出来的东西给了别人？那几个钱能干啥？我妈不理我爸，一如既往。

我妈有我妈的理由。她说几个子女都没有达到供养她吃喝的富裕程度，她不想让子女为难，必须自己种地、喂羊、喂鸡。她向别人诉说这些的时候，听起来无奈沉重，实际是满满的自豪。

我爸经常叨咕、诉苦，当着儿女的面，当着邻居的面，说我妈有心机、耍懒，捉弄他。说到愤怒处，我爸说大半辈子都是他让着，临到老了，我妈越来越像旧社会的地主、资本家，越把他当成失去自由的长工，七十多的人了，还做年轻小伙子的活儿。今年几户人家商量着要给挨在一起的自留地打水井，这块地土质肥沃，从不亏欠人们耕种的辛苦。我们家有十亩，我爸要承包给别人，我妈坚持自己种。我爸认为这是我妈给他加重工作量，是对他变本加厉地剥削。我爸说什么也不干了，坚决地、没有任何商量地和我妈解除了合作关系。

我妈也委屈，我妈说这块地费不了多少成本，比其他很多块地加起来的产量都高。我妈说我爸冤枉了她，冤枉了好多年，她一直忍着，不申辩，不解释。我妈认为我爸和她解除合作严重伤害了她的自尊。我妈说："这么多年，我腿脚不利落，家务一点不比你爸做得少。打扫做饭、集市买卖，你爸不操心不沾手，还天天给我脸色看。你爸不就是觉得我腿不好吗？不就是仗着我做不了想要我求着他吗？我就自己种自己收，给他看看、给你们看看，我到底是不是离了他就不行了。"

从打井那天起，我妈憋着一股劲儿，要证明她一个人可以种完十亩玉米。即使再大的困难，我妈也咬着牙克服。时已入夏，我妈的玉米地油绿葱茏，再过两个月，玉米就可以收了。我妈说，一个人在世上走动，不要倚老卖老，靠谁不如靠自己。她又说她不羡慕进了城住楼房的邻居，不羡慕他们天天跳广场舞。她说各人有各人的命，她要的是自由。她说只要能动弹一天，她就要动一天，就要用自己的辛苦去换身上的衣裳、嘴里的口粮。

这是她的命运，也是她的富足。

我妈没读过多少书，就是一位普通的农村妇女，一辈子没脱离过土地。她不会讲人生道理，也没有财富给我们，只是本分地固守着一个农民的模样。她热爱土地，忠诚于土地，偏执地侍弄土地。她在土地上找到了自己的价值，获得了生命的尊严和富有，活出了超越吃穿和功利的对生命的敬重和骄傲。

土生土长

女儿说:"你整天写文章,咋不写你的妈妈?"我说:"我不写,我妈自己已经把自己写了,给她的子女,给她的孙儿,给世上的人。"

从我妈的电话里,我闻到了玉米特有的香味,听到了玉米在风的作用下细碎的沙沙的声音。前天,我回老家,特意看了我妈种的玉米,果然是辽阔恢宏,青葱入天。

姐 姐

我不敢写姐姐。好长时间我想写姐姐,她是我最该写的人。但是,我一直没有写。我怕我会疼,会牵心动肺,会顾此失彼。

姐姐大我三岁。生下我,母亲的怀里就轮不上她撒娇了,她被绳子拴在炕头。大一点,就一个人玩,到了六七岁,帮着家里干家务,洗衣服、做饭、放羊。姐姐的童年是贫乏的,如果有回忆,一定是在锅台旁边、在放羊的路上。到了九岁,姐姐本该和同龄的女孩子一样背着书包上学,这也是学龄孩子应该享有的权利。然而姐姐没有,两个哥哥在学校,家里的杂务太多,姐姐只上了一个月学,就被迫辍学了。

姐姐是哭着回来的。有几次,她背起书包,又放下,坐在灶火圪捞里哭。姐姐的眼泪太多,这是我见过最早的泪水,为不能上学流,为贫穷流,也为境遇流。九岁的姐姐,开始接受命运强加给她的不公,却又丝毫没有办法。她扛起了一个女孩子不该扛起的重担，也扛起了一个九岁女孩子无法扛起的重担。生在一个苦焦的农民家里，像大人一样，做一家人的饭，喂猪、喂狗、喂鸡，然后放羊，放羊回来，再做饭，她过上了她不应该过的生活。这是农村孩子的命，胡乱地生，吃尽苦头地长。长期的家务，磨得姐姐性子慢、内向、拖拖沓沓甚至有点温暾。

姐姐没有在集市上买过漂亮的衣服。或许她认为在灶台和草场上，穿漂亮的衣服和不穿漂亮的衣服都是一个样。或许她也想过，但又被自己说服了，一个在灶台和草场之间转圈的女孩子，有必要穿花衣服吗？她也从来没有拿起过针线，没有绣过女红，所有奢侈的色彩和青春好像都与她无关。在箱子底下的布袋子里，姐姐藏着很多硬币，还有崭新的纸币，有一角、两角的，一元、两元的。或许这就是一个女孩子所有的青春和私密。

到了嫁人的年龄，善良、温和的姐姐，该找个什么样的人呢？当然是和姐姐一样善良厚道的人最好。理论是不能拿来生活的。姐夫看起来确实善良、厚道，就是和姐姐过不到一块儿。不知道姐姐向往的爱情是什么样的？不知道她在锅台旁、在四野寂静的草场上、在放羊的路上，是怎样想象着自己未来那个人的样子的？想是想过的，也一定想得很幸福、很美好，那个人一定很善良、很厚道。她就是怎么想也想不到，同样是厚道的两个人，无法主宰自己命运的两个人，猝不及防地被推到了主宰自己命运的舞台上，却扭扭捏捏、张皇失措，怎么都掌控不了命运的舵，掌控不了生活的舵，掌控不了婚姻的舵。最后，还是离了婚。

我不知道姐姐是不是愿意嫁给姐夫，也不知道家务事风云四起时她是不是愿意离婚。逆来顺受的姐姐，从不为自己考虑的姐姐，没为自己做过主的姐姐，在婆家提亲的时候默不作声，在离婚判决书上摁上那个大手印时，依然默不作声。她的默不作声，是那么安静，不哭不吵不闹，让人心疼。

姐姐的默不作声，没有换来理解和同情。离婚不是荣耀，它招来了太多的讥讽和嘲笑。外面的人笑话她、看不起她；家里的人埋怨她，说她窝囊，说她尿气，说她不中用。离了婚的女人，看不起的眼光得受着，难听的话得担着，难活也得熬着。只是，她更沉默了，更默不作声了，好像自己真的做了亏心事一样，人前人后，缩手缩脚，没精打采，一点也不理直气壮。

外婆说，离婚有了第一次，难免有第二次。一语成谶。果然，接下来两个男人又相继离开了她。这两个相貌看起来厚道的男人，实际不怎么厚道。他们把家当成了旅馆，当成了暂时的栖息地。他们是飘忽不定的风，只要有气流，就抵不住飘荡的惯性。他们每人给姐姐留下一个孩子，就悄无声息地走了，不知道飘向了哪里。好像他们出现在姐姐的生命里，就是为了送来两个孩子，然后再丢给姐姐一生的悔恨和伤痛。姐姐生了两个孩子，身边没有男人，生下来的孩子没有父亲，她们过早地体味着人情冷暖，世态炎凉。

姐姐终于学会了发脾气，对着自己的孩子。孩子做了错事的时候，她骂她们，要她们争气，不要活成她的样子。孩子是她唯一可以发脾气的人，也是唯一能发脾气、敢发脾气的人。姐姐有太多的卑怯和不敢，在强大的世事面前，她始终选择的是沉默和屈从。她不识字，什么也做不了，做什么人家都嫌她没文化。她唯一的希望和安慰就是孩子能有出息，能够过得比她好。一直被动的她，在管教孩子这一面，很积极、很用力，只要是和学习有关的，都满足她们。她接受了命运的安排，她不接受自己的孩子也被命运安排。她要她们抗争、努力，要她们活出一个样子来，活出尊严来。她的可怜的孩子们，毫无自主能力、毫无罪过的孩子们，怎么能理解母亲的苦衷？她们不知道活在她们的家里，要承载多少目的和意义。要她们明白超出她们年龄才能明白的事，确实有点难为她们了。她们知道，在她们家什么都是缺乏的。她们知道母亲从来不穿新衣服，一年四季都是环卫工的橙黄色工作服。她们想拥有一点好吃的和一件好看的花衣服，好像吃一点零食、买一件漂亮的裙子，就是莫大的奖赏，就是值得庆祝的大事。

姐姐带着孩子，过着一天和一年、一年和十年没有什么区别的日子。很多人劝她再找一个男人,说风雨飘摇的日子里,女人需要男人的疼爱和呵护。姐姐拒绝了,她拒绝得干脆利落。姐姐说有一些女人,生来就是既当女人又当男人的,是得不到男人疼爱的。或许是上辈子欠男人的太多了,这辈子来还。她还得累了,还得疲倦了,她不想再还了。一个人的日子,虽然辛苦,虽然孤单,却也少了来自家庭、来自男人的伤害和疼痛。

  我希望姐姐的生活能够好一点,可以过上正常家庭的日子,有苦有乐,有喜有悲。可是,半生了,姐姐除了经历波折,很少能品尝到生活的快乐。

  姐姐说等孩子大了,她的日子就好过了,就顺当了。姐姐说这些的时候,是笑着的、是乐观的、是向往的,好像她真的看到了孩子大了后的好日子。苦命的姐姐、坚强的姐姐、善良的姐姐,是需要一些向往的,那些向往可以温暖和安慰孤苦无援的心。

我妈耍微信

自从有了智能手机，我妈忙得不得了。她花在手机上的心思超过了种庄稼、喂鸡和放羊。她每天拿着手机，打开微信，仔细翻、认真看：怎么添加联系人，怎么浏览朋友圈，怎么发视频和语音。她学习得特别用心，无时无刻、随时随地，不耻下问。她认为所有的人都会耍微信，所以谁都可以当她的老师。当然，她有固定的老师，一个是她的闺密，也是邻居，请教很方便。只要有闲暇时间，她便一溜烟似的到了闺密家。我也是她的老师，但她很快发现我的耐心实在有限，随即把目标转移到了能说会道的女婿和脾气特别好的儿子身上。

她不停地给儿女们发微信、发图片，把她学到的东西通过这种方式得到加强巩固。每新学会一项功能，她都特别兴奋，要专门告诉你，她是怎么学习的、学习了几遍。她不管你忙不忙、乐意不乐意听，她只管自顾自喜滋滋地说。好像和她说话，就是为了听她讲这个过程，就是为了分享她的喜悦。

我偶尔也要手把手地、循序渐进地、耐心地教她。自然，这些操作过程都是在电话里，她一边接听电话，一边拿着微信，跟着你的节奏一步一步来。到最后一个环节，她激动地喊："就是这个就是这个，哦，原来是这样的。我会喽！我会喽！"

我妈学习得特别快。

我想我妈如果当初不是种地而是读书，一定是搞科研的。她对新生事物的探求、敏感和执着让我自愧不如，让我感佩至极。

无论和谁聊天，我妈都要用微信。如果有人打电话来，她马上会说："你把电话挂了，咱们发语音吧！"我妈说的语音是指视频。她喜欢视频聊天。

"你的信号不好吗？怎么看不见你的发型？你穿什么颜色的上衣？你手里拿的什么呢？咦，你最近身体好了哦？"每天的话都一样。

如果对方说信号不好，她马上说："你发语音，我回头听。"

自此，她的儿女和朋友们时不时就会收到语音，内容无非是你在哪儿？你在干吗？后来，她见人家打字发消息，认为打字发过来的消息，充满了神秘感，还极其地隐蔽，最关键的是，有些悄悄话就能避过我爸。我妈眼睛不好，看大字都要用花镜,何况是微信上的小字呢,不过这难不倒我妈。她打出一行字,然后发出去,接着用语音问:"你收到的内容是什么?"如果和她想打的字一样,她说:"看我厉害吧。"如果不一样,她又认真地学习拼音首字母联想词组输入法,把刚才的话再打一遍,发过去,直到完全正确为止。慢慢地,我妈悟到了拼音打字的诀窍。我很佩服我妈,不但钻研精神让人感动,语言天赋和感觉也那么让人羡慕。我妈在得到夸奖时,总不忘自己补充一句:我是谁呀!把别人的夸奖再进一步推进。

有一次,将近晚上十一点,我的微信响得紧,刚打开,我妈把语音挂了。我翻了一下记录,五六条语音,内容都是一样:你在哪,你在哪?听语气,像有急得不得了的事。我想打过去,又想我妈大概是找不到聊天的人,就想找我聊,我正在洗漱,索性装作没看见。又转念一想,是不是我妈真的有什么事?我又给她发语音,没人接。我有点担心,搞不好真的有什么事,要不刚才还在响,打过去怎么就没人接呢?我打她的电话,依然没人接。打我爸的,也没人接。

我心慌得不行。我妈平时都是九点睡觉,过了这个点,就要失眠。为此,她没少和喜欢晚上看电视的我爸吵。就是她最疼爱的孙子外孙,也不例外。今天夜里十一点打电话,怎么能没事呢?如果有事,我妈第一个电话是打给我姐姐,然后姐姐再打给我。

就在我正想着要不要给姐姐打电话时,我妈发语音了。她说:"咦,你终于接我的微信了,我刚才正在洗澡呢,和你们聊天,都不理我。我没事干,准备睡觉。你说这个微信,一天不耍,咋就像少了点啥似的,翻过来翻过去,就是睡不着,有瘾哩。"

谁耍微信,谁上瘾。

我有点后悔给我妈买手机,后悔教给她怎么用微信。当初为了方便,为了我妈使用微信,我还专门给她办了一张流量卡。我妈对手机的痴迷和专注已经远远超出了我的预料,这样下去,怎么能行?我说:"你的手机不能一直看,很费钱。"我妈说:"别蒙我,我早问清楚了,我一天用不了一块钱。"

事情的起因是去年传照片。每年社保局都要对老人定期体检,要照相,体检照片在微信里提交。我们村的人都传上去了,就剩我妈和我爸的,村主任打了几次电话催促。我妈着急了,专程到镇子的集市上去传照片。镇子上没有专门负责社保体检的,我妈到镇子上是因为集市熟人多,有人帮她照相,能及时把照片传上去。她早早地骑着电动三轮车,拉着我爸,眼巴巴瞅着熟人,希望他们可以帮忙。好不容易求到熟人,有的不知道怎么上传,有的不知道需要上传到哪个微信公众号上。幸好碰到我家亲戚,他见我妈着急,主动过来帮忙拍照、上传,整个过程不到一分钟就完成了。

土生土长

这一分钟搞定的事情,深切地刺痛了我妈。她惊异于看不见现代科技,那么很轻松地划拉两下子,就把她好几天解决不了的大难题解决了。我妈觉得自己被时代抛弃了。她能接受年龄超出她预想的速度噌噌增长,却不能容忍被时代抛弃的失落。想当年,我妈虽然不拔尖,也不是这么落后呀。现在这个村子不拿智能手机的、不会耍微信的,除了她就是我爸。论年龄,她还不是最大的。那段时间我妈给我打电话,三句两句就能说到手机传照片的事,说到微信的事,说到她求人的事。

就是这件事后,我给她买了智能手机,从此我妈就是一个有智能手机、会耍微信的人了。智能手机正式走进了她的生活,成了她生活的一部分,也是她生活方式转变的开始。

我妈最近又玩起了抖音,这大大出乎我的意料。她偶尔发过来一个视频,轻描淡写地说:"这是我一个姊妹。""这是你二姑舅家的。"她说她和姊妹们天天都在视频聊天,她说微信真好,把几十年没联系到的姊妹都联系上了,还能在一起说话,就像当年在一个家一样,说她们还要组织一次聚会,地点在县城的宾馆里,吃住一条龙。我妈说这才是生活嘛,就你们能吃能喝能聚会,我们也能。

她还说人不能只活在自己的一亩三分地里,如果微信早出来几年,她的腿脚方便,就要约上姊妹们,把那么多好看的景都看一看,把天下好吃的都尝一尝,把美丽的地方都走一走。

　　说完这些像诗句一样的话,放下手机,我妈随即就能到菜地里薅草,到羊圈里喂羊。

　　我妈耍微信的段位和方式已经超越了我。

　　现在我妈拍照片会用美颜相机,打开视频时,习惯地把手放在后脑勺捋捋头发,侧个脸,努努嘴。我说那是人家小女孩玩的把戏,我妈说:"喊,别唬我,人家抖音里的老太太都是这么拍照的。"

映像

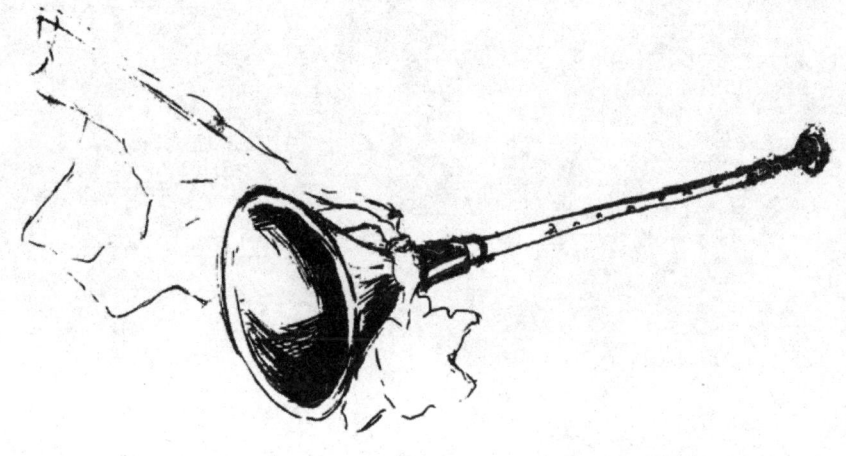

安放心底的唢呐

我喜欢唢呐，那种喜欢，是刻到骨子里的喜欢，是听了一次便永远放不下的喜欢。一个人喜欢一种声音或一种东西是说不清缘由的。

我与唢呐的相遇，是在我很小很小时参加的一次喜宴上。它长一声短一声，高一声低一声，快一声慢一声，一声一息，都火辣难敌，至纯至真。那悠扬的曲调，高亢中带着哀婉惆怅的旋律，只听一声就把我的心揪得生疼。天地之间，我只听见一种声音，那是什么声音啊？是柔肠的声音，是喜悦的声音，是爱情的声音。瞬间，我混沌的心湖漾开了嫩嫩的莲蕊，我彻底被它俘虏、被它镇住。它开启了我最初关于爱的憧憬，也纠缠着我半生的爱的梦想。

唢呐属于北方的乡下。

冬月是嫁娶的时间，每家娶新媳妇都要吹起撩人的唢呐。新娘子娶进门，人们的脸上都是欣喜，男女老幼嘴角都挂着暖洋洋的笑，那是对新人最美好的祝福。唢呐在这一整天都会连续发出一阵又一阵明媚的强音，鼓、大镲也紧密地附和，把唢呐的声音烘托上去，再烘托上去，就连空气中荡漾的都是浓得化不开的喜庆和热闹。

最动人的是新娘子，她娇羞地坐在炕上，粉面桃花，妖娆动人。红色的帷幔、洒金的红对联、洒金的红双喜、热腾腾的土炕、龙凤呈祥的床单、柔滑的水粉百子图缎被，花好月圆的鸳鸯枕头，无不在热闹中透出尘世的好。

每一个人的脸上好像也荡漾着动人的光辉，有了这样的声乐相伴，人世间好像除了喜乐，那些久积心中的哀愁、苦痛、不幸、愁肠似乎统统都不存在了。

也是那时，我就盼着早点长大，在唢呐声中，在刚好是百花斗艳的初夏，四野飘着油菜花的香气，我牵着心仪的男人，走入火辣辣的洞房。

唢呐已经深深地潜入我幼小的心灵。我痴痴地爱上了它，爱它的空旷辽远，爱它的大气磅礴，爱它的婉转柔润。我一生为之着迷，为之倾倒，无法自拔。我和唢呐是不是上辈子的缘分，前世的我是不是就是自己意念中的样子，就是那样富足地在唢呐声中做了一回令天下女人无比艳羡的新娘？

今生爱上它，是命运的安排，还是前世的延续？

唢呐声里有温润绵柔的气息，软软的、糯糯的，一如那婚房里绸缎被面的气息，指尖才轻轻触碰到，那柔滑就一波一波漫过神经。我着魔般迷恋那一波一波的柔滑。为了心中的梦想,我无数次在毛线店里挑了又挑,在阳光下比了又比,终于买回了和绸缎一样水润的毛线,我依着自己心中的喜爱和万千柔情,织着新婚的毛衣。灯下面色如花,内心激荡的情怀,谁能懂啊!我就像最好的绣娘,在织着自己的锦绣爱情,织着自己华美的未来,织着自己私密的梦幻。我欣喜若狂却又不动声色,没有一个人知道我的心事,没有一个人。

太华丽的想法,都会在现实中破灭。

唢呐声,婚庆的唢呐声,已如一道风景,永久定格在我的心中。

到底是谁辜负了谁,是唢呐,还是我?唢呐,我痴爱了半生的繁华梦想,而今带给我的却是寂寂的一捧荒凉。

也是,人生能有多少梦想成真?有几人能花好月圆,心想事成?或许,细水长流的日子,处处都是平淡和遗憾。

忽然想起那句:在最好的年华遇到最好的你。今生最大的梦想就是和你谈一场刻骨铭心的恋爱,放下自尊,放下孤傲,放下你所言的才气。可是,我心中的你,我们到底错了半步,还是一生?你,一如那清扬惆怅的唢呐,只能在我的梦中纠缠悠扬。

只愿,在梦中,你打马扬鞭,穿过油菜花的香气,穿过四野碧绿的庄稼,带着一队唢呐,还有细软的锦缎,将我迎娶。我,在梦里做你的新娘。如果可以,我祈求上苍让我永不醒来。我相信，人生这一段段一出出，都在梦中。

而醒着的我，一次次站在盛大婚庆的院子里，听着一声声激越的唢呐。它，还是和着鼓声、大镲声，幽幽咽咽，交叉错落；它，吹皱了岁月，吹醒了旧梦，吹开了满心的愉悦与酸楚，直吹得艳阳苍凉，珠泪斑驳。

搬家

半生都在搬家。细细算来,到姑娘高考前的那次搬家为止,大大小小、不远不近的正好十次。似乎该搞一个搬家纪念日,才对得起这么多年的漂泊。

刚毕业那会儿,国家统分,单位管职工的住宿,大概就是机关家属院。我们几个没成家的,或成了家在城里没房子的,领导统一协调,暂时住在一些废弃的办公室里。墙上的泥片掉了一块一块,地上的砖一高一低,领导谦和地说,条件是将就了点,也只能先凑合,慢慢再说,但总归是一个安身之所。后勤又雇了泥瓦匠,一番收拾,再安置了桌椅板凳,又是办公室又是家。对于刚刚结束一个宿舍挤六个娃的学校生活的我来说,居住条件已经阔绰奢侈到不可思议了。这段日子是无比快乐、相当潇洒的。每天下午,我们到对面的舞厅跳舞。舞厅是政府接待室外放的一部分,很安全,是年轻人休闲甚至是谈恋爱的地方。有时候跳得太晚了,大门紧闭,看门老头早已经酣然入梦,这有什么影响呢?低矮的

土生土长

大门根本经不住我们轻轻一跃。所以，不管门关还是不关，都不是我们快乐的障碍。

政府院里的单位多，人员流动频繁，更换宿舍也频繁。过了一年，我们又搬到一个很隐蔽的拐角，这地方真是闹市中的世外桃源。一个需要低头才能穿过的小门洞，隔开了我们和外界。一排房子可以住十几户。院子里种上了菜蔬，绳子上晒满了衣服、小孩的尿布。除了日常的柴米油盐，闲余时间我们打麻将，踢毽子，打羽毛球，聊天说笑，多大声音也没有人听见。我们的宿舍和县委书记的宿舍只隔了一块荒草地，地上堆满了垃圾。那时候的领导真能对付，在这样的院子里，居然可以心平气和地住十几年。

后来，因为人事变动，我不得不搬离宿舍。在搬家前，领导三番五次地催我。从这时候起，快乐的生活结束了，而跌宕的经历才拉开序幕。也是从这里，我看到了人性的善恶，看到了人心的起伏，也学会了记仇。很多解不开的心结，就是在这里结下的。比如，这个芝麻粒大点的小领导，我现在见了就特别想让他出一出丑的人，听说几年前已经死了。当我听说他已不在人世的那一刻，这么多年的恨就失去了凭据。关于这一段经历，还是一个在官场摸爬滚打了很多年的同事用一句很经典的话概括了一切，他说做人的时间比当官的时间长。这句话意味深长，我理解了很多年。到现在，我能悟到的道理是，人间行走，无论你是什么角色，是领导还是下属，大家出来混，无非是为一个将来，求一个安稳。你坏了人家安定，断了人家前途，刚点的，人家当场就让你难堪；柔点的，忍着，即使人家命运由你按搓，太过了，忍无可忍了，于谁，结局都不太好。

2001年，我随孩子的爸爸住进了学校。这个学校地理位置很特别，典型的城尾乡头，说是农村，它在城里，说是城里，它又属于乡镇管理。老师学生都寄宿在学校，包括校长也住在学校里。宿舍即办公室，有家室的被分在了单人单间，单身的是两人住一间。宿舍是经年累月的老房子，也是实实在在的危房。院子不是砖地，也不是水泥地，是就地起土的土院子。白天，老师们谈天说地的院子，晚上，就是老师和学生的厕所。在拐角的空地，还有成堆成堆的大便。每到春暖花开，院子里闻不到花香草香，而是尿臊味儿和冲天浊臭味儿。老师的宿舍是土木结构，外层砌了一层砖，里面是土夯成的土坯。时不时地，就听见墙皮或者屋顶的土块嘭嘭嘭打落在布绷的顶棚上。老师们戏谑，一条命还没完完全全献给教育，搞不好哪一天就要献给危房了。话虽这样讲，但在这一间间危房里，该备课备课，该改作业改作业，什么也不耽误，一天一天，一年一年。

就是这危房，也是三年两年的调整，今年住这间，明年又住那间，我们反反复复搬过三次家。

2005年，女儿到了上幼儿园的年龄。一个人在某方面吃了苦，就不想让家人在这方面吃二茬苦。为了孩子上学不像我上班一样，每天跑十几里路来回折腾，我们在距幼儿园最近的民生路买了二手房。这个地段，从小学到高中，都是最佳选择。不过，这个房子除了离学校近，确实再找不出优点。民生路是县城最低的坑洼地段，夏天，只要下雨，这里的人们比天上的雷公还要忙活，没有一家不是拿出大小盆盆桶桶，甚至是衣服被褥，倾其所能抗洪。即使这样，还是避免不了下水倒灌、污水淹家。夸张一点，这里的人们只要夏天望见云疙瘩，就高度恐慌。政府年年拿出改造方案，尤其是房地产极兴盛的那几年，天天喊着棚户区改造，民生路的人以为自己手里的烂地皮成了金饽饽，天天做着住好房子的梦。改来改去，还是高低不平衡。高的越高，低的越低，甚至是一两处二十多层的高楼突兀而起，高楼旁边要么是楼层低一点的楼房，要么是平房。整体规划不但不美，最难过的是，平房里的居民，不但夏天要继续抗洪，还要在被高楼遮挡的阴影里度过春夏秋冬。特别是冬天，屋子里照不上太阳，用什么办法取暖，都是冷森森的。

　　民生路还有一大奇观，巷道高低不一样，即使一条巷道，也是几家高几家低。地势太低的，各家各户都想把自己的门口和巷道垫得高一点。你若穿过一条窄胡同，从这家门前下来，再走几步，又得从那家一个台阶一个台阶爬上去。如果是陌生人，晚上骑着车，十有八九怕是要栽倒。就是门对门，巷道两边的高低也不一样。走在这种巷巷里，极其考验你的平衡力。人们巴巴地盼着，年年盼，月月盼，盼着下水出水顺利、巷道平整的那一天。

  2014年，女儿上初中，新建的学校离家太远。学校在县城的南头，我们家在北头，很不方便。为了离学校近，也为了改善居住环境，我们的家安在了女儿高中和初中的中间位置。这一次，我们住进了高楼，可一眼观尽县城的角角落落。楼房还有一个优点，夏天没蚊虫，不潮；冬天暖和，温度适中。我多年的关节炎就是住进这楼房才好转的。缺点是不适宜养花养草，更不能养女儿喜欢的猫狗。我们家陪伴了女儿十几年的一只小狗，在搬进楼房前被迫送出去了。几经转手，不知是死是活。

  2017年，姑娘考进西安的一所重点高中。为了娃儿饮食起居方便，我们在学校的对门租了个60平方米的小房子。房子虽然功能齐全，但是又矮又破，狭窄潮湿。如果不是离学校近，我怀疑耗子住着这样的房子都嫌晦暗。院子里的风景倒是不错，高大的法桐如伞如盖，夏天遮阴，冬天挡风。各色的小花在围栏里四季开放，真是屋里屋外两个世界。就是这一间间的破房子，见证了一家家母子的爱与恨，见证着人们所向往的成功路上的艰辛与不易，见证着"985""211"的学生所熬过的白天和夜晚，见证着全省各地南来北往的父母为子女倾其所有做出的牺牲。我想，这院子里的路灯和树木应该比我更知情,那一盏盏比星星还要晚一点暗下去的灯光,亲历了高考成绩单上的数字曾怎样耗去了青春,娃的一日三餐是妈妈前一晚怎样精细地思量和用心。

2020年高考前,我们又把小黑屋的东西一股脑从千里之外搬回来。女儿的外婆曾打趣,上了大学,要不要再搬到学校门口去。这当然是说笑,但回想半生的搬家,好像大多数就是围绕着女儿的学校兜兜转转。搬家的工具,由自行车、板车到电动三轮,再到汽车,似乎也是一个进步和改革。每次搬家,对旧居总有不舍,虽然都是几年的光景,但也相依相伴了多少个朝夕的光阴。我甚至觉得,一个人最亲密的,除了被窝就是屋子了;至于衣服,不喜欢就不穿了,不是隔三岔五地换,就是送人、扔。虽然它们花样百出,但主人的感情,到底是淡的。

搬家的经历,就是一个跌宕起伏的人生记录。一个人所住过的房子,就像他的行迹一样,是这个人所经历的人生际遇的总和。你有什么样的经济地位,就会住什么样的房子。这么说,房子也是一个人的脸面。真是,越说越玄乎了。

读写和你我

大部分的时间都用来读书和写字,是我的生活状态。不是为了读书改变命运,恰恰相反,因为命运被改变,所以读书。

以功成名就作为衡量一个人的标准和价值观的时代,我的选择无疑是边缘而堕落的。这不是自我菲薄,也不是自我贬低,而是客观公正地描述自己的生活状态。我的母亲,只读过小学三年级的农村妇女,曾无数次说我,说她早知道供我读了十几年书让我成了一个只懂得一辈子读书的人,她情愿当年不供我读书。我这么说绝没有贬低我母亲读书少而见识不广的意思,我只是想表达我在最亲近人的眼里是这个样子的,那么,在别人的眼里,就不用言语了。

我的中年读书,和正在上学的孩子的读书是两个概念、两个意义。孩子读书是为了考试,是为了改变命运,是书中自有黄金屋、书中自有颜如玉。我读书是内在的,是为了使自己快乐。从这个意义上说,我的读书和身边的朋友打麻将、K歌、游玩一样，都是玩儿，却又不一样，人家玩儿主要是生活中的消遣，我是把它作为主要生活。为什么要选择读书和书写，而不是其他？是因为自己的经历，因为想要说话，因为憋闷，因为苦闷太多想释放。我在现实的对应点找不到这样的听众，在麻将桌上、在歌厅、在游玩儿里找不到释放的那个点。它们可以使我一时快乐，却不能使我内心真正地平静下来。

2010年8月，一个秋日暖阳的午后，这一天和其他任何一天没有什么区别，我却迎来了人生最致命的第三次打击。无告的苦楚和难言的心酸不是用语言可以表达的，我只知道自己的心很痛，是钝痛。我没有眼泪——小时候很爱哭，动不动就能流一大把眼泪的我已经在岁月的磨砺中失去了哭的能力。当时正在看小说《水浒传》，至"林教头风雪山神庙"这一节，我哭了。我其实就是林冲，如果不再苦苦相逼，我会一忍再忍、一退再退，我会安心守着我的草料场。可我又不是林冲，他杀了陆虞候，杀了奸佞狗苟，在山神庙前，做了一回真正的人，找回了一个站着的人本该有的自尊和底线。而我，却只能退到漆黑的一角舔舐我的伤口。我逆来顺受，任人宰割。一次次读《水浒传》，至"鲁提辖拳打镇关西""张都监血溅鸳鸯楼"才明白：人活一世，必须做一两件极其快意的事，才不枉来世上一回。

我在书本里找到了消解内心苦痛的最直接的方式，也是唯一的方式。书本已是我的知己、我的朋友，我离不开它们。

　　我大部分的时间，是在读小说。喜欢的，反复读。作品是作者对自己的表达。我最初读小说，喜欢托尔斯泰，他的真性情、冷眼热肠，他的诚恳、热爱、慈悲，淋漓尽致地通过小说展现在我的面前，这一点，像极了鲁迅，他们在性情上是一致的。

　　我也喜欢劳伦斯的《查泰莱夫人的情人》，不是喜欢他的性描写，我不喜欢描写性。我觉得性和苦痛、快乐一样，属于感官的，都很难描写，我喜欢他小说中的意境。那个叫作梅勒斯的守林人，杜绝与工业文明为伍，杜绝现代，杜绝一切时尚和实际的东西，比如名利，比如做官和挣钱。他说，树林是他最后的避难所。这一点，正好安抚了我逃遁的心态。他站在了时代的对立面，成了众矢之的。我也一样。我被家人说成是月亮上的人，说我不懂人情世故，不懂得为人处世。一个太真实而又在现实中带不来任何实际利益的人，是不适合交往的。这是我历经了那么多的粗糙人生，总结出来的自认为很权威的一条处世经验。

　　我把书本当作我的避难所、我的依赖。我谢绝了任何人际交往，我害怕在人流里的感觉。我和人保持着距离，尽管有时候，我很想沟通，很想大声说笑，很想交心。但我害怕，我害怕今天的推心置腹换来的是明天刺向心脏的利剑。

哪怕是相交了几十年的朋友，也不敢肯定他在什么情态下会有什么面孔。我在这方面吃的亏太多了。不是怀疑别人的阳光，不是怀疑别人的诚意，而是，我对自己的识人和处世没有了自信。这有点像莫言小说里的上官金童，他离开乳房便无法活下去。作者想批判的是有些读书人迷恋体制，一旦离开体制，便无法活下去。而我却迷恋书本，离开书本的安慰，我可能也无法活下去。在书本里，我找回了人和书相处的安全和愉悦，找到了书给人的温暖和安慰。

偶然一次，在杂志上看到叔本华的伦理学。他认为人类的行为动机可以分成三种：希望自己快乐，希望他人痛苦，希望别人快乐。概括成六个字就是：利己、恶毒、同情。他说人都有希望自己好、别人不好的自发性，而同情别人，希望别人好，万人难为，他们是我们尊崇的圣人。这一条就足够解释我遭遇的人和事。我发现原来哲学也不是枯燥乏味的，不是我们政治课本上罗列的干巴巴的方法论和世界观的总和。我认真读了一些，觉得很有意思，而且很有思想。我开始试着原谅，原谅别人，也原谅自己。我给那些给我制造苦难和难堪的人一个最好的谅解理由就是：人性的利己和恶毒。我反思自己，如果互换位置，我又会怎么做呢？

书本，已经不是朋友，而是自己，是我自己和自己的对话。

阅读的时候，我也写一些文章。

阅读是吸收，是获得，而写是吐纳，是自己思想、语言、能力的总和。写是难的。我不知道怎么写，这和上学时候的作文是不一样的，是和段落大意、中心思想不一样的。作文是公共的、是大家的，而写作完全是个人的、是内心的，是必须剥离大众的。首先要突破，要不说谎而且真性情。说谎是现代写作的通病，模式的说谎、语言的说谎。今天的散文，特别是美文级别的，布局合理，语言精美，阳光，快乐，自信，美好。仔细推敲，找不出一点瑕疵，却总觉得不对。我想，这或许是模式化写作的结果，是我们在上学时候培养起来的写作惯性，很难改，明明知道不对，却还要那样做，没有自我。所谓自我，不是以自我为中心，而是认识自己。自我不是把别人说得多么不好，把自己说得多好，这是自恋。

后来，我开始学习写小说。要想写自己、写人性、写灵魂，就必须写小说。我一次次问自己，为什么一而再再而三地遭遇那么多事情？这绝对不是偶然。我想写一个坏人，想把他写得很坏，写死，又觉得不对，没有脱离环境和时代的人，绝对的坏人和好人好像也没有。小说，不好写。

另一个写作难度，就是虚构和真实。我经常被问及：你写的那个谁是不是含沙射影某某？你是不是想怎么样怎么样？我记得第一篇小随笔《一抹霞光》在县报发表后，引起了轩然大波。和我有一样经历的人说看着过瘾，无关的几个人说你是不是在骂领导，当时的主任给我善意的建议：以后这类东西还是少写为好。还有《安放心底的唢呐》和《十年》，孩子的父亲说你就是在臭我、丑我。特别是《安放心底的唢呐》，当时在杂志上发表出来，一位上了年纪的文友说，她读了后差点流泪，说我太强大了，我知道她指的强大是什么意思。这两个短篇，我其实想表达的是人到中年对爱情与生活的理解，以及对美好事物可望而不可得的怅惘，这种心情也只有到了中年，有了一些人生经历以后才会感受到。我想这个心情是有共性的、是普遍的，如果你的人生不够完满，那么就一定会有这样的心情。谁的生活能够完满呢？这也正是那位上了年纪的文友会感动到流泪的原因。直到今天，我觉得它们还是那样好，还足够能激发我对写作的信心。

当然，我很害怕。我怕对号入座，害怕人身攻击。其实，不只是我们这些小人物，大作家也同样遇到过这样的尴尬。这说明写作是内心的，是个人化的，也是有共性的，是关乎人类基本情感的。你心里有的情感大家都有，所以才会产生"你是不是在说我"的错觉和共鸣。

也有人说，散文一定要真实，小说才可以虚构。我想，散文同样可以虚构，这和编造看起来是一回事，又不是一回事。每次开始写，我就已经在虚构了。虚构不是交代现实，而是依据自己对生活的理解，重新构建一个现实或者更精准的现实。

还有一个障碍：怎么才能写好？好，没有标准，但却是一个难以企及的高度。

最基本的是语言关，我认为的好是精准、有密度、有质感。刚开始用了很多形容词，抒发了很多感情，逐渐地，发现这样并不好。那些惊艳的词句，初读很精彩、很美，慢慢回想，又觉得是没有筋骨的花架子，缺少了最主要的东西。写作和女人化妆一样，一流的化妆师化的妆看起来像没有化妆，很得体；二流的化妆师遮住了最丑的部分；三流的化妆师将自己的脸当作一块画布，浓墨重彩，五彩斑斓。而我越写越没有了胆子，每次开头，告诫自己，越过唯美、抒情，使写作逼近真相。可由于惯性，写着写着，由不得自己，很烦躁，很没有信心。

叔本华说："读书，就是让别人的思想在你的脑海里跑马。"看得多了，尤其是把一个人的东西反复看，不免被同化。张爱玲写她去乡下看胡兰成，知道他又有了新欢范秀美。她说，想给范画一张画，画着画着，就画不下去了。她流着泪说："我怎么画，都看她的眉眼鼻子全是你。"她知道他们相爱了，只有相爱的人才会被同化，才会有一样的面孔。写作也一样，喜爱一个人的东西久了，就不免打上那个人的烙印，写出来的东西始终有蓝本，相当于书法上的临摹——刚开始都要临摹，慢慢地，就走出去了，形成了自己的风格。当然，有的人一辈子也没有走出去，在别人的世界里打转转。我所理解的作品的好，是金圣叹说施耐庵写《水浒传》，在雪天，有几个人，他念，他们听，然后都说好的那种好。

杜拉斯说，她已经上了年纪，有一天，在一处公共场所的大厅里，有个男人朝她走来。他说："我认识您，大家说您年轻时候很漂亮，依我看，您从前的那张面孔远不如今天有了岁月痕迹的容颜更让我喜欢。"我喜欢这个自信的女人，她一直拒绝用世俗的尺度和标准去评价周围的人和事。我想，有一天，如果我写出来那么一个东西，有一个人说，"我喜欢它，不是因为你的风格，而是因为你再也无法超越它"，我将会认为自己得到了最高的礼赞和最高的肯定。

那时，我会忘掉生活给我的打压和逼迫，因为经过了揉搓和有褶皱的人生，生命会更加丰厚，人也能更深地知晓自己对生活应有的品位和交代。

我既不是名人也不是大家，既没有写出一流的作品也没有被认可。我是没有资格谈读书和写作的，它只是我生活的一部分内容。感谢所有阅读过我文字的朋友，不管对我的作品是表扬还是批评，我都要献上发自内心的敬意。日升月落，行色匆匆，有人肯花时间读我的文字，实在是对我最大的抬举和尊重。我还想说，每看完一篇，不要浪费时间揣摩是不是我自己的亲身经历，或者直接问我"是写你自己吗？""你怎么敢写出来呢？"或者"你那篇文章是不是在写我？你为什么要这样做？"其实，我写的是我们普通人的生活、爱憎和情感，我写的是你，是我，是他，是我们大家。

如果可以，我愿写出更好的文字。

戒微信

这次一定要戒掉微信。

不知道立过多少回这样的誓言。好像不发誓倒还好，还没有那么在意，越是发誓，越是想玩。也想过很多办法，把手机藏起来，放在抽屉里，放在包包里，睡觉的时候，不带进卧室，都失败了。热恋似的，手机离开一会儿，便慌乱起来，心里像缺了点什么，不由自主地摸来摸去，握在手心，终于踏实了。民歌里的"墙头上跑马还嫌低，面对面睡着还想你"，说的大概就是这种感觉吧。热恋终究有懈怠的时候，可手机不，迷恋了几年，依然是拿起来放不下。《聊斋志异》里那些磨蚀了无数书生公子心性的狐仙，大概就是如此让人上瘾呢。

有人把手机比作大麻，这个比喻是贴切的。只要拿起手机，就被吸住了，痴迷得忘我，其他的事情都不存在了。吃饭、睡觉、走路，时时刻刻，就想着手机，就看手机。这不是强制的、逼迫的，而是舒舒服服的、心甘情愿的、欲罢不能的，好像那小小的冷冰冰的屏幕会放出炽热的电波，霎时就能够让人心醉神迷地陶醉在快乐之中。

估计那些吸大麻的看见玩手机的，也不得不惊愕地张大嘴巴。

也痛恨过，在玩到深夜失眠的时候，在脖颈疼得稍稍动一动就全身欲裂的时候，在黑眼圈像熊猫眼，眼睛又肿得像桃子一样的时候，在被家人痛骂"干脆和手机去过日子"的时候……也自责过，被娘骂、被女儿骂，手机里有什么让你那么魂不守舍的呢？细细想，是啊，有什么呢？

有是有的。那么多的群里在乐此不疲地抢红包，你一打开，正好抢到一分或者几分钱，那一刻就像抢到了全世界；有人义正词严上纲上线、发毒誓、表决心、冷嘲热讽、咒骂时弊，好像只要这些话一出来，正义和公平就牢牢握在了自己的手里，好像全世界都是错的，只有自己是对的、最有良心的；有人推销护肤品套装、洗发水、文胸、婴儿装，以及各种生活用品；有人拉保险、有人要打赏……

再看朋友圈，无不是岁月静好的幸福，是说走就走的任性，是甜蜜得盛不下的愉悦，是很有意义的充实。也有转发的文章，不外乎《怎么做女神》《怎么放弃那个不在意你的人》《你惊艳地邂逅在最美的季节里》《你若珍惜我必情深》等深度美文，也有"高大上"的教育、健康、养生的时评，也有做微商的、求点赞的、求助的……

微信是闹市,是无所不容的繁华集散地。不管你是哪类人,都能在微信里找到伙伴、找到组织。

我最迷恋的,是美颜拍照,它可以帮你对抗空间的广漠和岁月的无常,可以帮你扮成明星,让你的颜值有所提升。你穿得土没有关系,你掉肉松皮也没有关系,各种拍摄模式让你瞬间神采飞扬,让你美得不近情理。那个美颜方框里的你还是你吗?那副青春靓丽的样子恐怕是你在青春年少时候也不能及的吧?是不是又有什么关系呢?这又不是要证明给谁看,也不是要上头条新闻,只要自己心情好就好。带着这样的心态,我们自信而大胆地站在美颜相机前,留下了那个镜头里和真面孔相差千百倍的自己,并把无数张照片用来做微信头像,发布在朋友圈里,放在任何能展示的地方,那种愉悦,比悦耳的情话不知道受用多少倍。放眼人生,最大的快乐,不就是自欺、欺人嘛!要不,那些画家作画、诗人写诗、音乐家写情歌做什么用呢?

那些朋友说:你换头像的频率能不能低一点?你换得我们都反应不过来了。怎么办呢?我自己也压不住我换头像的热情。

微信就像一个美丽的梦,像一个巨大的幻象,填充了寂寞,安慰了人慌乱的心,修复了时间留给你的疤,还可以拼凑一个新的你。

我想,这也是使得无数的人,特别是我,喜欢微信、热爱微信、痴迷微信、放不下微信的原因。

戒还是要戒的。最近又下决心写了保证书,发在朋友圈:不再那样玩微信。想了一系列步骤:要关闭朋友圈,卸载微信,绝不再那样糟践自己的身体,绝不再那样荒废时光与生命。我没敢真的这样写,我写的是身体出了状况。别人还在玩,你不玩了,怎么行,只能自己保证今后尽量少玩一会儿,要把时间和次数减下来。不能让人觉得你和别人不一样了,你忽然说不存在就不存在了。

果然,在线的时候,没人找,不在线了,就有一条一条消息弹出来,还不是闲事,不是瞎扯,是真的有事。人家呼你,你不应,就是你不在乎,就是怠慢。朋友圈里就有这样的文章,其中有一条说,回复慢一点,就是人品不好。

我很是自责,怎么能贻误朋友的事呢?怎么能怠慢别人呢?于是找借口愧疚地再发一条:由于手机充电,不在身边,请见谅。好像自己真的做了什么对不起别人的事情,头都要抬不起来了。

关系近一些的朋友,问你怎么不发朋友圈了,问你是不是还有别的微信账号和微博账号,这些朋友是茶友。我曾经发过一条朋友圈说,聊微信聊出甜味的,是情人,聊出苦味的,是对手,聊出茶味的,是朋友。这些经常问我为什么不更新的,就是茶馆里的茶友,大家时常不见,心就淡得慌,像缺了点什么,就想让你出来晃晃,于是理直气壮地又发朋友圈了。

戒微信何其难哉！

戒了无数次，戒不了，就不再说戒的话了。就像戒酒的人一样，说是戒，想喝还是照样喝，也不再逼迫自己戒。好似忘记一个人，惦念的时候，为难自己说一定要忘掉，却眉间心上，时时想起。后来，你忽然发现，这个人有多久不联系了，你想念吗？怎么会呢，也就是偶然心血来潮地想起。戒微信也一样。

任何时候，人都必须要有一种消遣方式，有符合当时心境的娱乐。我们都需要有这么一种诱惑力，安抚枯燥和慌张。

没网络的时候，我们和朋友上舞厅跳舞，后来有了网络，便沉迷游戏，有了QQ，又隔着屏幕聊天，有了博客，开始疯狂写博客，如今，有了微信，人们又专注地翻朋友圈、发朋友圈。我相信有一天，会有更新的娱乐方式取代微信，就像微信取代当年那些玩法一样。

我们痛恨手机，说它太霸道了，控制了我们，其实是我们自己任性。我又是那么见异思迁。我相信，我对微信，就像对QQ、对博客一样，不会天长地久，只要有新的替代物，我的专注力一定会马上转移。所以，我常开导自己：厌倦了就远离，谁都是这样的，坚持下去，才不容易。已近中年，想玩还是玩吧。

岁月的痕迹

年关打扫卫生，翻拣出满抽屉花花绿绿的证件，仔细看了证件上一张又一张的照片，确切地相信自己真的老了。那些闪着旧光阴的照片掀开了尘封的往事，一些情绪酝酿着，比年味儿更浓地扑过来。

这些照片，有黑白的、有彩色的，有泛黄的老照片，也有漂亮的刚刚盖上钢印的新照片。它们见证着我经过的岁月、走过的路，也让曾经的岁月在相纸上又一次复活。

第一张照片陈旧发黄，是初中毕业证上的。我的嘴角有一些明显的斑痣，是得了口角炎抹紫碘药水留下的。我喜欢睡热炕，无节制地嗜热引发了口角的脓包，黄水无声惜细流。乡卫生员配了一种药，嘴角越抹越溃烂，包一天比一天大，脓水一天比一天多。村保健员拿着紫碘水说让我试试这个。抹上实在难看，下巴处黑乎乎一大坨，引来许多异样的眼光和笑声，溃烂处却几天就见好了。结痂一层层地掉，疤痕很长时间没消尽。那时候没有美图软件，你是什么样，就是什么样。难看是难看了一些，但是一脸贞静，眼神干净澄澈，似清水洗尘，一眼可以看到心底，全是小孩子的纯粹和简单。

读书自然清苦，吃着一顿和十顿百顿没有区别的黄米饭熬酸菜，却总觉得每一天都积极而充满希望。我的学习成绩也好，老师和同学对我都好，这一段少年的时光，单纯而明亮。

第二张是中专毕业照。这张照片的表情是灿烂的、明媚的，掩盖不住青春的多彩和欢悦。额前的刘海特意编了小麻花辫儿，是在女生们中间风靡了很长时间的发型。头发齐肩或者齐耳，配在靓丽的脸上都那么合适。我们每天乐此不疲地互相给对方编辫子。拆了编，编了再拆，无论是编的，还是头发让人家鼓捣的，都无比地幸福。无数个下午或者晚上，时光就在我们臭美的自娱里快乐地溜走了。也说悄悄话，也"恶搞"，青春无邪而张扬。谁多看了谁一眼，一定要说成抛媚眼送秋波，谁和谁多说几句话，一定要说成是在黏黏糊糊地谈恋爱。就是这非常正常的多看了的一眼，非常合情理的几句话，硬是要制造出一些个缠绵悱恻的爱情故事，继而一传十、十传百地被大家这么看似私下里却又明目张胆地传播着。本来没在意，经过大家的编造，当事人双方互相就有些意思了，越发有意无意地多看了对方几眼，假的往往成了真的。

接下来的一张是彩照，齐耳短发，脸颊瘦削。粉红色的毛衣，衬不出脸上的光彩，掩不住眼睛里的忧伤。这是初经人世浮沉的表情，最好的命运被篡改了，过着风势日紧、岸窄水急的日子。揭开青春的面纱，初见了多变的人性和人心，经历了一次又一次锋利的打击，人心的多面、丑陋和污点被切割得一片狼藉，如果有咄咄逼人的利益和更诱惑的选择来换，最珍贵的情意是可以背叛和辜负的。纸页上做人做事的道理，谁将其运用到生活中，谁引用得越多，谁受到的伤害就越大，输得也越惨。

　　第四张脸色晦暗、眼神暗淡，难以言说的凄苦过早地出现在年轻的脸上，如果盯着看，恐怕要落泪。那是极度灰暗的日子，我的身边没有一丝的柔情和光亮。那暗淡的眼神，尽是对世事的警醒和怀疑，对生活的无助和绝望。细细看，现在依然能复原当初的难堪，一呼一吸的逼仄。那利刃般的时光，动一动都疼。多年后，你会理解，有一段路，必须形单影只，在跌倒处再次跌倒，在悲剧处再重复悲剧，哪条路都走不通、哪条路都不正确。你走在错处，是老天要把你往该走的路上赶，是要纠正你、改变你、重塑你。

　　第五张，我的脸上有了清扬的微笑，满是从容与平和，不是生活平顺了、坦荡了，而是心态上有了太多的包容和宽宥。一样的苦痛，重复第二遍、第三遍，再尖锐的痛感也会渐渐麻木。生活对人的修正，跌宕、起伏、缓慢，让你顺风顺水一段，再逆水行舟一段；让你尝尝甜的滋味，再品品苦的干涩。在甜和苦的纠缠过后，有一天你终于不在意苦和甜，不计较顺利和挫折，你会豁然开朗，轻松自如。身处逆境不苛求不刁钻，说起来容易，做起来真的很难。顺境往往使人得意，逆境难免让人悲伤哀怨。因为，恨比爱容易，批判比善良容易。

　　第六张是近照，表情沉静随和，有了光阴的沧桑，却一脸温热，看不出曾经斑驳的痕迹，于是我突发感慨：人进入中年，是做减法，得靠近自己的兴趣和爱好，并把它们当成天经地义的日常，靠它们滋养着。感谢我的爱好，帮我对抗了繁缛的日常，拉着我努力地向着光的方向延伸。

　　这六张照片，六种表情，是不同时期的自己。佛家说，相由心生，境由心造，而面相，不正是心相、精神相吗？所谓的岁月静好，哪里会一直风微浪稳、顺水行舟，生活多的是百般的虐待、揉搓，不争、不闹、不怨、不恨，顺应天意，随遇而安，既是对生活最大的敬重，也是对自己最大的敬重。

我在驾校学开车

四十多岁,我拿到了驾驶证,该庆贺还是被嘲笑,真不好说。用我老同学的话说,老太太级别了才考驾驶证,嚼筋。"嚼筋"是我们的方言,不言自明,他是笑话我学开车太晚了。确实,在驾校里,像我这么大年龄的几乎没有。这么大年龄了,谁没个驾驶证呢?如果特别喜欢开车,谁在四十多岁才开始考驾驶证呢?

我是陪女儿考驾驶证的,也是女儿的极力鼓动,我才报的名。学习的过程一波三折。

我们这期正值暑假,是高考生和大学生考驾驶证的高峰期。可能是溽热使人容易烦躁,也可能是每天从早工作到晚太累,教练的脾气很不好,教练通知我练车时,我就和教练吵翻了。我不过是多问了几句关于练车的事宜,他对我的提问极不耐烦,甚至觉得我是有意冒犯,便态度暴躁,语气生硬。我以自己对老师的认知,认为这个人不适合当教练,至少最基本的沟通本领还是要的嘛!不会沟通,能教开车吗?

土生土长

还没学就如此不快,接下来该怎么相处呢?经过驾校的协调,我又换了一名教练。到了实际练习时,我才知道驾校的教练就没有好脾气的;换句话说,学员不经过教练暴怒声的洗礼,就拿不到驾驶证。只不过,程度不同而已。传说中脾气好、性格温和的教练不是不发脾气,而是发过脾气还知道表扬,他就是在你操作不当时候发怒,在你操作规范时又马上给你点赞。只要你操作正确,该聊天聊天,该开玩笑开玩笑。有些气性大的教练,好像和学员有仇,或者和教练车有仇,只要看见学员在驾驶室,他们就很不放心,金刚怒目,两只眼睛紧盯着学员的每一个动作。当然,没有一个动作是他们满意的。悟性差一点的,简直就一无是处。他们说话如蹦豆子、声嘶力竭、斩钉截铁。"笨死了,笨死了"的叫喊声此起彼伏,还不禁让你怀疑这些教练可能从不会轻声细语,也从不会微笑。个别女教练尖而细的声音像用裂开的钢丝敲打脆薄的瓷片,在整个练车场上飘荡。一些学员或许因为心跳过速,或许是神经绷得太紧,又或许是本就不熟悉操作流程,还要战战兢兢地兼顾教练的怒吼。越是在意,越易出错,越是出错,教练越是暴跳如雷。

　　以至于很多学员在委屈中怀疑,是不是教练们生下来就会开车上路,或者他们从开始学车,动作就十分地规范,要领记得十分地清楚,学习的过程特别顺畅?他们自己学车时是不是从没有挨过自己教练的怒吼,或者他们开车从没有越线或者冲出公路,一直都那么标准而熟练?

有的学员承受不住这种难堪,有和教练吵翻的,有频繁更换教练的,有忍气吞声坚持到最后的,像我和教练这样的冲突,在驾校是再正常不过的。我也才知道,教练不喜欢我们这些年龄大的,我们的接受力差,操作不灵活。因教练的工资和学员科目的过关率相关;如果学员补考次数多了,教练不但挨批评,还要倒贴补考费,我们也就理解了为什么教练脾气都不好。一个人可以控制住自己的脾气,但没有一个人可以控制住对金钱的渴求。说实话,学员在考试中通不过,教练的心情比学员们更糟糕、更烦闷,他会比学员更不愿意看到他们再一次来到驾校重新学习、参加补考。

其实,练车也没有特别的技术和技巧,为了让学员尽快通过考试,教练都是找准了参考点,让学员按照参考点练习,在周期短而重复的训练下,学员可以快速掌握开车要领。我从科一到科三都是一次性通过,也算是辛苦中的万幸。每科考试通过,都会得到家人的表扬,自己也佩服自己得不行,感觉自己真是一个好学生,也就把和教练的冲突忘掉了。

不过,我还是想说,既然是一门基本技术,学车和旧社会学功夫不一样,和师父与徒弟之间的那种磨心性、验人品的过程也不一样,和学校里的老师与学生的师生情更不一样。我愿意把学员与驾校和教练的关系理解成简单的市场关系，是服务与被服务。所以，教学的方式是可以改变和调整的，彼此的态度也是可以纠正的。毕竟，文明都是在规则中约束出来的。

中年情味

活得越来越难，先是身体哪儿哪儿都不舒服，糟心事也跟着说来就来，平凡的生活常常麻烦不断。好像昨天还是毛手毛脚的愣头青，今天就一脚踏进了中年。想清高，想不看人脸色，想活得随性自然，却欠缺撑得起的本事和能力。咬着牙做违心的事，说违心的话，油腻、世故，时不时在利益与是非间权衡。一进中年，悄无声地就活成了自己最讨厌的样子。

中年的日子坚硬、难熬，好似游走在岁月的刀尖上，实在不好过。没到中年时，看着中年人如鱼得水，无所不能，真的步入中年，才明白那么多从容淡定的面孔，怕都是失真的矫饰和浮夸的表演。

中年的难，在于很多事情上必须装，并且装得心安理得，装得轻松自在。

这就是中年，张皇失措的中年，无奈的中年，务实的中年。

都说四十不惑,既已不惑,悲观或者乐观都不适宜。牢骚和抱怨总是有的,昂扬饱满往往被认为是矫情。再苦再难,也必须装作稳当沉着,还要有点稳扎稳打的气度,但又不能显得太胸有成竹,适当的错愕和刚刚好的淡定是非常必要的。

心心念念想的事情还没做就已经不能做了,那些伟大的理想,宏伟的梦只能让枕头上的鼾声响得更亮。整天忙里忙外地折腾,不过是为了身上的衣、口里的饭、儿女健康长大、老人福顺安康。

有老有小,夹缝中的日子实在让人不舒服。如果老是掰开了揉碎了也讲不清楚的老,小的正是管不了惹不起的小,两头都不敢得罪,也得罪不起。老的心安理得拿出老资格,爱讲道理,大声说话,不老也装老,能做的事也要故意装作做不了,不能做的偏偏拧着来。腿也疼了,眼也花了,耳也聋了,咳嗽一声也要惊天动地。你多一点关心,他说你盼着他不好,盼着他有病;你稍有怠慢,他又说你不孝顺,没良心,白养了你。他这么做,无非是提醒你,他老了,想要得到你的尊重和在意。

小的在成长的节骨眼上,不精细照顾是说不过去的,为人父母的责任放着呢,你逃不掉。如果能替,你恨不得替他们过完这个危险而关键的阶段。可你发现他们比你这个年龄的时候懂得多了、见得多了,想法也多了。你不知道他们那些稀奇古怪的想法是从哪里冒出来的。你从没教过，学校也没教过，他们一套一套的；相反，你苦口婆心要求的，老师倾囊传授的，他们偏偏听不进去。他们的话理直气壮、不容置疑，似乎句句入情，条条在理，好像不懂事的是你而不是他们。你担心他们，又常常怀疑自己，心慌意乱地问自己：这是不是就是代沟，是两代人的差异？你也怀疑自己是不是真的糊里糊涂地长大，又糊里糊涂地做了不懂事的父母。

父母养育孩子，子女孝敬父母，这是最基本的人伦和关爱，可最基本的往往是最难做到的。你有耐心等待青春期的孩子冲撞蛮横地长大，却忍受不了父母依靠着你变老。道理都懂，可人都是不由自主往下疼的。

经常在睡梦中醒来，希望自己还没到中年，但错综复杂的麻烦，缠手的碎事，不讲理的生活，像一张无形的大网，绊住了你的脚，像看不见的细密的绳索紧紧地绞缠着你的神经，动一动，就会麻麻地疼。你有点力不从心，顾得了头顾不了尾。在全力以赴的过程里，你破败不堪，想狠狠地抱住自己哭一场。

心头翻江倒海，眼里却是干的，泪腺堵得太久，早已断了。忽然某一天，某一句话，一个正在跳转的电视画面，或者不经意地听来谁的故事，就让你的眼泪稀里哗啦地涕泗横流。原来，中年人的眼泪不是大喊大叫，不是声嘶力竭，它软软的、弱弱的，藏在隐秘的地方，悄悄地、默默地流。

失眠的暗夜多了起来，也不再逼着自己闭上眼睛数星星、数羊只了，这一套骗过小孩子无数次的把戏已经对你这个老病号不管用了。索性趁着安静的夜晚，把那些过往拿出来仔细地咀嚼，你发现中年的失眠也是苦的。年轻的失眠，想的是未来，是希望，是对前途渺茫的忧伤，是明亮的、向上的。中年一眼看到底，一天、一月、一年，一模一样，日复一日，现在什么样，后面的日子依旧什么样，或许会更糟。暗淡褪色的你对年轻的向往和忧伤都充满了感怀和羡慕。是的，时光不再来呀。人说半生弹指一挥间，可不就是弹指一挥间么。再难再慢的日子，放到回忆的箩筐里，都不值得一漏，你后悔当初为它们付出的纠结和疼痛。

四十岁之后，你会明白人的一生其实干不了几样事情。你想专注地做一样事，纷乱的日子不允许，天天都在鸡零狗碎里。你忽然明白了为什么那么多中年人喜欢出家，成仙成佛无所谓，静下心来做自己喜欢的才是真的。但是哪里是你的寺庙？你没有你想的那么自由，上有老下有小，你一刻也不能缺席。或许在人海里面你什么都不是，但在家里你就是一座山、一棵树，风来了，雨来了，你都得扛着，扛得累了，依然得硬扛着。无奈中你羡慕，出家的人不是通透的人，是心硬的人，是决绝的人，是什么都能够抛下的人，这样的人比例极少。你没那么幸运，你绝不可能做到义无反顾不回头，所以成不了尼姑，也做不了和尚。

每个年龄段都有它的忧伤和快乐，但中年是不易的。如果非要分一个快乐的年龄段，我想应该是三十几岁，刚过了懵懂无知的年纪，对人生已渐渐有了理解，离糟心的中年还有一段距离。老的还不至于那么老，小的还能听话，这段时间是最幸福的。